D1918077

Aus der Bibliothek von:

Tangshan Tigers

Dan Lee

Tangshan Tigers

Der silberne Schatten

Aus dem Englischen von Julia Walther

KOSMOS

Mit besonderem Dank an Brandon Robshaw

Dan Lee lebt in Asien und England. Er ist Wing Tsun-Meister und trainiert Kickboxen sowie Jiu-Jitsu.

Umschlaggestaltung von Walter Typografie&Grafik GmbH, Würzburg, unter Verwendung einer Illustration von Jerry Paris.
Textillustrationen von Jerry Paris
Aus dem Englischen übersetzt von Julia Walther.

Titel der englischen Originalausgabe:
Dan Lee: Tangshan Tigers – The Silver Shadow
© Working Partners Ltd, 2008
First published by Puffin Books, London 2008.
Weitere Bände in dieser Reihe siehe S. 156

Unser gesamtes lieferbares Programm und viele weitere Informationen zu unseren Büchern, Spielen, Experimentierkästen, DVDs, Autoren und Aktivitäten finden Sie unter **www.kosmos.de**

FSC
Mixed Sources
Product group from well-managed forests and other controlled sources
www.fsc.org Cert no. SA-COC-001819
© 1996 Forest Stewardship Council

Gedruckt auf chlorfrei gebleichtem Papier
1. Auflage
© 2010 Franckh-Kosmos Verlags-GmbH & Co. KG, Stuttgart
Alle Rechte vorbehalten
ISBN 978-3-440-12084-2
Redaktion: Katharina Jacobi
Gestaltung und Satz: DOPPELPUNKT, Stuttgart
Produktion: DOPPELPUNKT, Stuttgart
Printed in the Czech Republic/Imprimé en République tchèque

Inhalt

Kapitel eins

Ein neues Rätsel

»Die drei Gesetze von Newton. Weiß jemand, wie die lauten?«, fragte die Physiklehrerin Mrs Tyler.

Ben meldete sich sofort. Er mochte Physik. Die naturwissenschaftlichen Fächer lagen ihm ganz einfach besonders.

Mrs Tyler lächelte erfreut: »Oh, wie schön, jemand kennt die Antwort«, sagte sie, und dann redete sie voller Begeisterung weiter: »Laut dem ersten Gesetz bleibt ein Körper im Ruhezustand, wenn er nicht von etwas anderem bewegt wird. Oder wenn er schon in Bewegung ist, dann bewegt er sich so lange weiter, bis ihn etwas anhält. Wolltest du das sagen, Ben?«

»Äh, ja, und das zweite Gesetz besagt, dass –«

»– ein Körper in Bewegung sich beschleunigt, wenn eine

Kraft auf ihn einwirkt. Genau«, wurde Ben von Mrs Tyler unterbrochen.

Matt musste lächeln, als er Bens frustrierten Gesichtsausdruck sah. Mrs Tyler stellte eine Menge Fragen, die sie aber immer selbst beantwortete. Sie hörte lieber sich selber reden als einen ihrer Schüler.

»Und das dritte Gesetz lautet natürlich wie folgt …«, fuhr Mrs Tyler unbeirrt fort, »… wenn ein Körper A auf einen Körper B eine Kraft ausübt, dann wirkt eine gleich große, aber entgegengesetzte Kraft von Körper B auf Körper A. Auf jede Aktion folgt eine entsprechende Reaktion. *Actio* entspricht *reactio* …«

Genau, dachte Matt gelangweilt. Mrs Tyler redet und redet und redet. Und entsprechend ist es meine Reaktion, einzuschlafen …

Matt war gerade aus London zurückgekehrt, wo er als Kapitän der Kampfsportmannschaft der Internationalen Akademie Peking mit seinem Team gegen die Internationale Akademie Kensington angetreten war. Es war zu einem recht aufregenden Wettkampf gekommen – und was mindestens ebenso aufregend gewesen war: Matt und die *Tangshan Tigers* hatten es während ihres Aufenthalts mit einem berüchtigten Diamantendieb zu tun bekommen. Die Tangshan Tiger waren eine geheime Bande, die Matt mit seinen Freunden Ben Hung, Catarina Ribeiro und Olivier Girard gegründet hatte, um Verbrecher zu jagen. Eigentlich war Matt ganz froh, dass erst einmal wieder normaler Alltag eingekehrt war und sie alle ein wenig verschnaufen konnten. Schade nur, dass zum Alltag eben auch Mrs Tylers Physikstunden gehörten.

In diesem Augenblick wurde Matt jäh aus seinen Gedanken gerissen, denn plötzlich flog die Tür zum Klassenzimmer auf. Herein kam der Schulleiter, Mr Wu. Normalerweise war Mr Wu ausgesprochen sorgfältig und elegant gekleidet, doch heute schien er sehr in Eile gewesen zu sein. Seine Krawatte war nur locker gebunden und seine Haare verstrubbelt.

Er schnippte mit den Fingern. »Mrs Tyler, Sie haben Mitglieder der asiatischen Kampfsportmannschaft in Ihrer Klasse?«, bellte er mit lauter Stimme.

Mrs Tyler blinzelte. »Äh, ja, aber warum woll–?«

Ungeduldig schnitt Mr Wu ihr das Wort ab: »Wer genau ist das?«, fragte er.

Matt, die anderen Tangshan Tiger und Carl Warrick hoben langsam die Hand. Olivier und Matt, die am nächsten beieinandersaßen, blickten sich fragend an. Es sah Mr Wu gar nicht ähnlich, den Unterricht auf diese Weise zu stören. Außerdem sollte Mr Wu inzwischen eigentlich wissen, wer in der Mannschaft war – schließlich war er immer besonders stolz auf ihre Leistungen gewesen.

»Gut. Ihr müsst alle den Unterricht verlassen und mit mir ins *Kwoon* kommen!«

»Entschuldigen Sie«, wandte Mrs Tyler ein. »Warum hat mich denn niemand im Vorfeld davon in Kenntnis gesetzt? Die Klasse hat übermorgen ausgesprochen wichtige Prüfungen, wie Sie ja selbst wissen.«

Mr Wu trat ein paar Schritte auf sie zu, und zwar so hektisch, dass er dabei eine Wasserschüssel von einem der Tische stieß. Die Schüssel zersprang auf dem Fußboden und das Wasser bespritzte Mr Wus Anzughose. In der Schüssel hatte sich ein von einem Propeller betriebenes Modellboot befunden – für ein Experiment, an dem Mrs Tyler das dritte newtonsche Gesetz demonstrieren wollte. Erschrocken bückte sie sich, um die Scherben aufzusammeln.

»Lassen Sie das!«, befahl Mr Wu barsch. »Sie können später sauber machen. Mrs Tyler, beantworten Sie mir doch bitte folgende Frage: Wer ist hier Schulleiter? Sie oder ich?«

Matt war völlig geschockt. Er hatte noch nie erlebt, dass Mr Wu mit einem der Lehrer in diesem Ton sprach.

»Das sind natürlich Sie, Mr Wu«, antwortete Mrs Tyler, die inzwischen ziemlich rot im Gesicht war.

»Oh, und ich dachte schon, die Schulbehörde hat vielleicht Sie an meiner Stelle ernannt, ohne mich zu informieren«, erklärte Mr Wu mit vor Sarkasmus triefender Stimme und einem geradezu hämischen Lachen. »Aber gut. Da wir uns ja nun einig sind, dass *ich* hier der Rektor bin, erlauben Sie mir vielleicht gnädigst, meine Arbeit zu machen? Diese Sportler kommen mit mir zu einem Extratraining. Wenn Sie damit ein Problem haben, können Sie mir das gerne ganz offiziell und in schriftlicher Form mitteilen. Und vergessen Sie dann nicht das *PS: Hiermit kündige ich* am Ende Ihres Schreibens.«

Mrs Tyler erwiderte nichts. Matt glaubte zu sehen, wie ihre Unterlippe zitterte.

»Ihr Unterricht mag ja vielleicht langweilig sein«, flüsterte er Olivier zu, »aber sie hat es nicht verdient, dass man so mit ihr spricht!«

Olivier nickte.

»Nun kommt schon!«, drängte Mr Wu die Mannschaftsmitglieder ungeduldig, wobei er wieder mit den Fingern schnippte. »Folgt mir!«

Matt stand auf. Er wechselte einen Blick mit den anderen Tigern. Olivier zog die Augenbrauen hoch, Ben zuckte mit den Schultern und Catarina murmelte leise: »Interessant.« Unter anderen Umständen wäre es einfach nur super gewesen, eine Doppelstunde Physik zu verpassen. Aber Mr Wus Verhalten war doch recht merkwürdig. Der Einzige, den das alles völlig kaltzulassen schien, war Carl. Er grinste vor Freude, dem Unterricht entkommen zu sein.

Mr Wu marschierte jetzt strammen Schrittes den Flur entlang, wobei seine Schuhe auf dem polierten Boden klapperten. Matt, Olivier, Catarina und Carl folgten ihm. Ben blieb noch einen Augenblick lang beim Klassenzimmer zurück. Erst am Ende des Flurs holte er die anderen ein.

»Wo bleibst du denn?«, wollte Olivier wissen.

Ben grinste. »Hab nur schnell was installiert.«

»Ruhe – und beeilt euch. Los, los, los!«, drängte Mr Wu.

Sie mussten sich wirklich anstrengen, bei seinem Tempo mitzuhalten, und joggten förmlich an den gerahmten Fotos vorbei, die Siegerteams von Schulsportveranstaltungen über die Jahre hinweg zeigten.

»Was ist denn mit ihm los?«, flüsterte Catarina fassungslos.

»Versteh ich auch nicht«, meinte Olivier. »Sein Kampfsportteam war ihm ja schon immer wichtig. Aber jetzt geht er mit seinem Ehrgeiz doch ein bisschen zu weit, finde ich.«

»Vielleicht ist er bloß mit dem falschen Fuß aufgestanden«, flüsterte Matt.

»Und wozu das Extratraining?« Ben schüttelte verständnislos den Kopf. »Unser nächstes Turnier findet doch erst in einer halben Ewigkeit statt.«

Carl drängte sich zu ihnen. »Was ist los? Was flüstert ihr da?«, fragte er mit lauter Stimme.

»Ruhe!«, rief Mr Wu ungehalten über die Schulter hinweg. »Andere Schüler sind im Unterricht, also stört sie gefälligst nicht!«

Sie eilten schweigend weiter, bis sie das Kwoon, die Trainingshalle, erreicht hatten. Es handelte sich um einen hohen Raum und auf einer der Wände war ein scharlachroter Drache zu sehen. Das Beeindruckendste in der Halle war jedoch die große weiße Trainingsmatte in der Mitte. Dort wartete bereits der Rest der Mannschaft: Lola, Max, Jahmal, Paolo, Abdul und Andrei. Sie wirkten allesamt so verwirrt, wie Matt sich fühlte. Von ihrem Trainer, Chang Sifu, war nichts zu sehen.

»Schön, schön. Jetzt haben wir ja alle beisammen.« Mr Wu rieb sich zufrieden die Hände. Er schien nun auch wesentlich ruhiger. »Es ist ausgesprochen wichtig«, erklärte er, »dass das asiatische Kampfsportteam hart trainiert, um immer in erstklassiger Form zu sein. Und ich bin sicher, ihr verbringt eure Zeit auch viel lieber im Kwoon als in langweiligen Unterrichtsstunden. Habe ich recht? Ich weiß, dass es jedenfalls mir selbst zu Schulzeiten so gegangen wäre.«

Hm ... schon eine seltsame Einstellung für einen Rektor!, dachte Matt. Er wusste, dass Mr Wu in seinem Büro die Turnierpokale sammelte und zur Schau stellte, aber der Direktor war bisher noch nie so weit gegangen, den Unterricht dafür zu unterbrechen. Vor allem wenn – wie Ben völlig richtig angemerkt hatte – in nächster Zeit nicht einmal ein Wettkampf anstand. Und Mr Wu war genauso stolz auf gute Prüfungsleistungen in den übrigen Fächern wie auf Erfolg im Kampfsport.

»Auf die Matte«, befahl Mr Wu mit einer knappen Handbewegung. »Beginnt mit euren Trainingsübungen. Ihr habt bis zur Mittagspause Zeit.«

»Aber Chang Sifu ist nicht hier«, sagte Ben. »Wer soll uns denn trainieren?«

»Chang kommt später nach. Bis dahin schlage ich vor, dass ihr keine Zeit verschwendet, sondern ohne ihn mit dem Training anfangt. Ihr solltet die Abläufe doch langsam kennen – schließlich seid ihr keine Babys mehr. Oder seid ihr etwa nicht in der Lage, selbstständig zu trainieren?«

»Aber Chang hat uns viele verschiedene Übungen beigebracht«, wandte Catarina ein. »Wir wissen nicht, welche –«

»Ich möchte euch allen eine Frage stellen!«, unterbrach Mr Wu sie ungeduldig. »Würdet ihr lieber den Vormittag damit verbringen, alle Toiletten in diesem Gebäude zu putzen? Würde euch das Spaß machen?«

»Nein, Sir«, antwortete Lola.

»Dann tut, was ich sage! Und das gilt für euch alle – verstanden?«

»Ja, Sir«, erwiderten sie im Chor. Matt murmelte mit den anderen der Mannschaft sein Einverständnis, denn Mr Wu ließ ihnen ja gar keine andere Wahl.

»Dann fangt gefälligst an zu trainieren!«, bellte ihr Rektor. Mit diesen Worten drehte Mr Wu sich auf dem Absatz um und verließ im Stechschritt die Halle.

Alle standen völlig verdattert da und sahen sich an.

»Nun denn«, meinte Matt schließlich, da jemand wohl die Führung übernehmen musste. »Ich schätze mal, als Erstes sollten wir uns umziehen. Und dann stellen wir uns ein paar Übungen zusammen.«

Ihre Kampfanzüge wurden in ihren Spinden in den Umkleiden aufbewahrt. Innerhalb von fünf Minuten war die Mannschaft umgezogen und stand wieder im Kwoon.

»Okay.« Matt blickte in die Runde. »Am besten fangen wir mit Aufwärmen an. Wie wäre es mit ein paar Dehnübungen –«

»Moment mal!«, protestierte Carl. »Wer hat gesagt, dass du hier die Anweisungen gibst? Hä?«

»Niemand, aber –«

»Matt war Kapitän beim letzten Turnier«, meinte Lola.

»Ja, aber jetzt ist er nicht mehr Kapitän!« Carl zeigte auf sich selbst. »Ich finde, ich sollte die Leitung übernehmen.«

»Und warum?«, wollte Paolo wissen.

»Ich bin der Fitteste«, antwortete Carl selbstbewusst. »Und außerdem weiß ich mehr über die Trainingsabläufe als ihr, weil ich jede Menge von meinem Dad gelernt habe. Das wisst ihr doch ganz genau.«

»Ja, klar. Es liegt nicht daran, dass ich von Natur aus ein Besserwisser bin oder so was!« Olivier imitierte mal wieder perfekt Carls Tonfall. »Aber da ich der große Carl Warrick bin, weiß ich zufällig alles, was es zu wissen gibt –«

»He, hör sofort auf, dich über meinen Akzent lustig zu machen!« Carls laute Stimme übertönte das Gelächter.

»Ich mache mich nicht über deinen Akzent lustig«, erklärte Olivier gelassen. »Ich mache mich über *dich* lustig.«

Carl lief puterrot an. Er ballte die Hände zu Fäusten. »Ich hab echt genug von deinen witzigen Sprüchen. Willst du's drauf ankommen lassen?« Er trat zwei Schritte auf Olivier zu und starrte ihn aus nächster Nähe an. Matt sah einen Muskel in seinem Kiefer zucken.

Olivier wich keinen Millimeter zurück, sondern erwiderte Carls aggressiven Blick.

Der Rest des Teams drängte sich um die beiden, denn die Aussicht auf einen Kampf erfüllte sie mit Begeisterung.

»Okay, okay.« Matt schob sich nach vorne zu den beiden

durch. Das hier würde kein gutes Ende nehmen. »Deswegen zu kämpfen, lohnt sich echt nicht – lasst mal gut sein, Jungs.« Er zog Olivier am Arm weg.

»Ja, lass dir nur von deinem Kumpel aus der Patsche helfen, so ist's recht«, höhnte Carl.

»Ich finde, Olivier sollte sich entschuldigen«, erklärte Andrei und stellte sich damit unerwartet auf Carls Seite.

»Bist du verrückt?«, fragte Olivier. »Warum sollte ich mich bei ihm entschuldigen?« Er machte eine wegwerfende Handbewegung in Carls Richtung.

»Carl sollte sich entschuldigen«, ließ sich nun Catarina vernehmen. »Dafür, dass er so ein Idiot ist!«

»Sie sollten sich beide beieinander entschuldigen.« Lola verschränkte die Arme.

»Ich finde, sie sollten einfach kämpfen und das ein für alle Mal klären!«, meinte Max.

Inzwischen riefen alle aufgeregt durcheinander und der Lärm der lauten Stimmen erfüllte das Kwoon.

»Jetzt beruhigt euch mal alle!« Matt musste sich ganz schön anstrengen, um den Tumult zu übertönen.

Da ging die Tür auf. Chang Sifu betrat die Halle.

Und sofort verstummte der Lärm. Die Schüler senkten beschämt den Blick, als Chang in ihre Mitte trat. Wie immer brachte ihr Trainer ein Gefühl der Ruhe mit in den Raum. Er war schlank und muskulös, mit leicht ergrautem Haar, und er bewegte sich mit müheloser Anmut. Seine Miene war ausdruckslos.

»Bitte bildet zwei Trainingsreihen«, sagte er leise.

Wortlos stellte sich die Mannschaft wie gewünscht auf.

Chang Sifu schwieg. Er stand einfach nur da und sah sie an.

Matt starrte voller Unbehagen auf das Gesicht seines Trainers, in der Hoffnung auf einen Hinweis, was dieser denken mochte. Changs Schweigen war kaum auszuhalten.

Sag doch was!, dachte Matt. Schimpf mit uns, wenn es sein muss! Aber sag *irgendwas*!

»Ich bin enttäuscht«, sagte Chang schließlich. »Ihr trainiert nun schon seit einigen Monaten zusammen. Ihr habt Seite an Seite in schwierigen Turnieren gekämpft. Ich dachte, da sei ein gewisses Zusammengehörigkeitsgefühl gewachsen. Ich hatte nicht erwartet, dass ihr euch auf solch kindische Weise zankt – und es dabei fast noch zu Handgreiflichkeiten kommt!«

»Es tut uns sehr leid, Sifu«, entschuldigte sich Matt mit respektvoller Stimme. »Die Dinge sind irgendwie aus dem Ruder gelaufen. Es wird nicht wieder vorkommen. Aber wir sind heute alle ein bisschen durcheinander. Eigentlich sollten wir nämlich gar nicht hier sein. Wir sollten im Unterricht sein und uns auf unsere Prüfungen vorbereiten.«

Chang Sifu neigte den Kopf. »Ich weiß. Doch die Situation ist nun einmal, wie sie ist. Ihr müsst das Beste daraus machen. Vielleicht hat euch derjenige, der euch heute hierhergebracht hat, einen Gefallen getan.«

Derjenige?, dachte Matt verwundert. Warum nannte Chang Sifu keinen Namen? Wir wissen doch alle, dass wir es nur Mr Wu zu verdanken haben, dass wir hier sind.

»Wie meinen Sie das?«, wollte nun auch Carl schmollend wissen.

»Er hat euch in eine unerwartete Lage gebracht«, sagte

Chang ruhig. »Wer den asiatischen Kampfsport beherrschen möchte, muss anpassungsfähig sein. Im Kampf müsst ihr viele Dinge gleichzeitig wahrnehmen – eure Haltung, das Gleichgewicht, die Abwehr, Schwachstellen, die es zu schützen gilt, euren Abstand vom Gegner, den Kampfstil eures Gegners und so weiter. Und trotzdem müsst ihr mit dem Unerwarteten rechnen. Ist das Leben wirklich so anders? Auch hier müsst ihr mehrere Dinge gleichzeitig jonglieren. Wenn ihr euch heute aufs Training konzentrieren könnt, obwohl eure Prüfungen anstehen, dann beweist ihr, dass ihr diese Lektion gelernt habt.«

Matt nickte. Wie immer inspirierten ihn Changs Worte. Er sah, dass auch Catarina, die neben ihm stand, nickte. Und ringsherum war zustimmendes Murmeln zu hören.

Der Einzige, der wieder mal völlig unbeeindruckt schien, war Carl. Er rollte bloß mit den Augen und seufzte theatralisch.

Chang schenkte ihm keinerlei Beachtung. »Dann wollen wir doch mal eure Konzentrationsfähigkeit testen. Frage: Welchen Unterricht verpasst ihr heute Vormittag?«

»Naturwissenschaften«, antwortete Matt. »Wir hatten Physik bei Mrs Tyler.«

»Wir hatten Erdkunde«, sagte Jahmal.

»Ich verstehe. Naturwissenschaften und Erdkunde.« Chang sah einen Augenblick lang nachdenklich drein. »Dann lasst uns heute Morgen doch mal eine freie Trainingseinheit absolvieren. Das heißt, jeder wiederholt für sich einen Bewegungsablauf aus eurer Lieblingsdisziplin. Karate-Schüler wie Carl, Andrei und Abdul absolvieren eine *Kata*, Kung-Fu-Kämpfer wie Olivier und Jahmal eine *Form*. Und die von euch, die Judo oder Jiu-Jitsu machen, arbeiten in Paaren, um Würfe und Haltegriffe zu üben. Fangt mit einfachen Abfolgen an und weitet diese dann langsam aus. Fordert euch selbst, verlasst euren Wohlfühlbereich.«

Bald war das Kwoon vom Geräusch der Füße auf der Matte, von Grunzen und Schnaufen erfüllt, während die Schüler sich in ihre Abläufe stürzten. Matt fing mit einer einfachen Abfolge von vertrauten Taekwondo-Bewegungen an, die er oft absolvierte, wenn er alleine trainierte:

ein Schlag, dann einhändiges Abblocken, ein Halbmond-Kick, Abblocken mit beiden Händen, ein Schritt zurück, Drehung und dann einen Rückwärtskick.

Er sah, wie Chang zwischen den Schülern hindurchging, dabei geschickt den herumwirbelnden Armen und Beinen auswich und leise Fragen stellte. Matt wurde neugierig. Was wollte Chang von den anderen wissen? Einige der Mannschaftsmitglieder schien Chang mit seinen Fragen zu verwirren. Matt sah, wie Paolo die Stirn runzelte und in seinem Bewegungsablauf aus dem Rhythmus geriet. Chang ermunterte ihn, mit der Übung weiterzumachen, und wartete auf Paolos Antwort. Dann nickte er und ging weiter.

Er blieb nahe bei Matt stehen, als dieser sich gerade zu seinem Rückwärtskick drehen wollte.

»Der Eintrittswinkel ist gleich – was?«, murmelte Chang.

Matt war so überrascht, dass er beinahe das Gleichgewicht verlor. »Äh – dem Ausfallswinkel!«

»Das ist richtig.«

Chang ging weiter und Matt hörte ihn zu Lola sagen: »Was ist ein Altwassersee?«

Matt war so von den Socken, dass er beinahe laut herausgelacht hätte. Chang fragte sie in ihren Prüfungsfächern ab, während sie gleichzeitig trainierten. Ihr Trainer war also nicht nur ein Experte in mehreren asiatischen Kampfsportarten, sondern kannte auch noch die Lehrpläne aus Erdkunde und den Naturwissenschaften! »Weiß Chang eigentlich alles?«, flüsterte er Ben zu.

»Sieht fast so aus«, antwortete dieser.

»Puh!«, stöhnte Matt. »Bin ich fertig!«

»Ich auch.« Catarina streckte die langen Beine aus. Es war Abend und die Tangshan Tiger hatten sich in Matts Zimmer versammelt. Auf dem Computermonitor lief ein Bildschirmschoner, der zwei Taekwondo-Kämpfer zeigte.

Matt hatte die Tiger nach dem Abendessen eingeladen, um die Ereignisse des Tages zu besprechen. Er teilte sich das Zimmer mit Johnny Goldberg, aber Johnny lag gerade mit einer fiesen Grippe auf der Krankenstation.

»Was für ein Tag!«, meinte Ben. »Zuerst das zusätzliche Training heute Morgen –«

»Trainieren und nebenher Physikfragen beantworten, wohlgemerkt!«, unterbrach ihn Olivier.

»Dann Nachmittagsunterricht«, fuhr Catarina fort.

»Und dann – ist es zu fassen – auf Mr Wus Anweisung hin eine weitere Trainingsstunde vor dem Abendessen!« Matt ächzte dramatisch.

»Na ja, da werden wir zumindest fit«, stellte Olivier fest, der auf Matts Bettkante saß.

»Ja, aber kommen wird damit auch durch die ganzen Prüfungen?«

»Da könnten wir Schwierigkeiten bekommen«, stellte Matt düster fest. »Chang hat uns heute Morgen wenigstens ein bisschen beim Wiederholen geholfen, aber das ist ja nun wirklich nicht dasselbe wie richtiger Unterricht.«

Ben grinste. »Wie gut, dass ihr mich habt, nicht wahr?« Er wühlte in seinem Rucksack herum, der auf dem Boden zu seinen Füßen lag, und zog ein kleines schwarzes Gerät heraus. In der Mitte war eine Kameralinse eingebaut.

»Was ist das?«

»Ein digitaler Videorekorder. Den hab ich noch schnell

installiert, bevor wir heute Morgen aus Mrs Tylers Unterricht gerissen wurden.«

»Du meinst, du hast die ganze Stunde aufgenommen?«, wollte Matt wissen.

»Klar. Wir müssen das Ding bloß an deinen Computer anschließen und dann können wir uns die Aufzeichnung anschauen und lernen!«

Jedes der Schlafzimmer der Akademie Peking besaß einen Computer samt großem Monitor mit bester Auflösung. Dort tauchte nun ein perfekt klares, deutliches Bild von Mrs Tyler auf, wie sie vor der Klasse stand.

Catarina kicherte. »Ich hätte nie gedacht, dass ich mal so froh sein würde, eine von Mrs Tylers Stunden mitzuerleben.«

»Es wird noch besser«, meinte Ben. »Seht her!«

Er drückte einen Knopf auf dem Mobilteil. Plötzlich tauchten auf dem Bildschirm Untertitel auf und er las laut vor: »Wenn sich ein bewegendes Objekt immer weiter bewegt, wie das erste Gesetz ja besagt, weshalb halten Dinge dann je an? Wegen der Erdanziehungskraft und dem Luft-

widerstand. Im Weltall gibt es nichts, was ein Objekt anhalten würde – wie zum Beispiel einen Kometen, der immer weiter fliegt …«

»Warte!«, rief Olivier. »Das will ich mitschreiben.«

»Klar.« Ben hielt einfach die Aufnahme an. Mrs Tyler fror mitten im Satz mit offenem Mund ein. Olivier und Catarina notierten sich ihre Worte. Matt hingegen, der über ein ausgezeichnetes fotografisches Gedächtnis verfügte, bemühte sich darum, sich das Gelesene direkt einzuprägen.

»Aber jetzt kommt das Beste«, fuhr Ben nun fort. »Wenn wir nämlich zu den langweiligen Stellen kommen –«

»Und bei Mrs Tyler wird es davon eine ganze Menge geben«, warf Matt ein. Die anderen lachten.

»Klar, aber seht her, an den Stellen können wir einfach vorspulen!«

»Nicht schlecht«, staunte Catarina. »So lerne ich gerne!«

Indem Ben an den wichtigen Stellen stoppte und die eher langweiligen Passagen zwischendrin übersprang, arbeiteten sie die ganze Unterrichtsstunde durch und hatten nach zwanzig Minuten alle wesentlichen Punkte notiert.

»Super! Also … falls die drei Bewegungsgesetze in der Prüfung drankommen, brauchen wir uns keine Sorgen zu machen – zumindest darauf sollten wir bestens vorbereitet sein.« Matts Laune war deutlich gestiegen.

»Ja, aber hoffen wir mal, dass wir nicht noch mehr Unterricht verpassen«, wandte Catarina ein. »Sonst könnte es am Ende doch noch Probleme mit den Prüfungen geben.«

»Es würde mich ehrlich gesagt nicht überraschen, wenn genau das passiert«, meinte Olivier. »Sieht so aus, als hätte Mr Wu die fixe Idee, uns superfit trainieren zu müssen.«

»Aber warum nur?« Catarina schüttelte den Kopf. »Ein bisschen merkwürdig benimmt er sich ja schon manchmal – vor allem, wenn es um das Kampfsportteam geht. Nur … jetzt verhält er sich wirklich total seltsam – ich versteh das nicht!«

»Wann ist überhaupt unser nächstes Turnier?«, erkundigte sich Ben.

»Erst in über einem Monat, oder?«

»Genau.« Matt hatte sich die Übersicht eingeprägt. »Ein Heimturnier gegen die Internationale Schule Singapur.«

Olivier stieß einen leisen Pfiff aus. »Das ist nicht ohne. Die sind in dieser Saison bisher ungeschlagen.«

»Genau wie wir«, entgegnete Matt.

»Klar, aber es wird trotzdem kein Zuckerschlecken.«

»Hm … aber ich verstehe immer noch nicht, weshalb Mr Wu sich so komisch verhält«, meinte Ben. »Der Wettkampf gegen Kensington war auch hart, aber da hat er uns nicht einen Monat vorher aus dem Unterricht geholt.«

»Vielleicht«, meinte Catarina nachdenklich, »hegt er irgendeinen Groll gegen diese Schule? Erinnert ihr euch noch, wie er unbedingt Shanghai schlagen wollte? Vielleicht ist es was in der Art – irgendeine persönliche Sache.«

»Könnte sein«, stimmte Olivier ihr zu. »Aber wenn ja, warum? Das ist echt ein Rätsel.«

»Und Rätsel –«, setzte Ben an.

»… sind die Spezialität der Tangshan Tiger!«, beendete Matt seinen Satz.

Kapitel 2

Ein neuer Trainer

»Es tut mir sehr leid, aber ich kann euch nun einmal nicht hereinlassen«, erklärte Miss Barraclough in der Tür zu ihrem Klassenzimmer.

»Wie bitte?« Trotz der seltsamen Ereignisse des gestrigen Tages hatte Matt gehofft, dass die Dinge heute wieder normal laufen würden.

»Es tut mir wirklich leid«, wiederholte Miss Barraclough. »Ihr habt heute keinen Zutritt zum Unterricht – so hat man mir das gesagt. Carl Warrick habe ich auch schon fortgeschickt.«

Matt und die Tiger standen etwas unschlüssig im Flur vor Miss Barracloughs Klassenzimmer herum und wussten nicht recht, was sie mit sich anfangen sollten. Miss Barraclough lächelte entschuldigend und fuhr sich mit der Hand durch ihr krauses Haar.

»Aber Sie haben doch gesagt, dass wir heute quadratische Gleichungen machen«, sagte Ben. »Da hatte ich mich wirklich schon drauf gefreut!«

»Ja, es ist schade«, erwiderte ihre Lehrerin. »Ich fürchte, ihr werdet die quadratischen Gleichungen an einem anderen Tag durchnehmen müssen. Man hat mich angewiesen, euch zum Training auf den Sportplatz zu schicken – ich würde euch ja reinlassen, wenn ich könnte. Aber Mr Wu hat nun einmal gesagt …«

Sie verstummte.

»Ist schon in Ordnung«, beruhigte Matt sie. »Da kann man nichts machen.« Er wandte sich an die anderen. »Los, gehen wir. Wahrscheinlich sollten wir uns mit dem Umziehen besser beeilen und schnell dort erscheinen.«

Der Rest der Mannschaft befand sich schon auf dem Sportplatz, als die vier dort ankamen, und joggte ringsherum auf der Bahn.

»Hey, Matt!«, rief Lola im Vorbeirennen und grinste. »Was für ein Fach verpasst ihr gerade?«

»Jetzt wird nicht geredet!«, bellte eine Frau in blauem Trainingsanzug. Sie hüpfte neben der Rennbahn auf und ab und joggte auf der Stelle. Matt blickte verwundert zu ihr hinüber. Wer war diese Frau? Sie hatte kurze blonde Haare, einen sportlichen Körperbau und trug ein Clipboard in der Hand. Ihr Akzent klang amerikanisch. Von Mr Wu oder Chang war nichts zu sehen.

»Bewegt euch!«, rief sie. »Schneller! Kommt schon, ihr strengt euch nicht richtig an. Macht größere Schritte – ich will euch nicht wie Zombies rumstolpern sehen! Ihr da –«, sie zeigte auf die Tangshan Tiger, »reiht euch ein und kommt in die Gänge!«

»Verzeihung«, meldete sich Matt zu Wort, »was ist denn hier los?« Und weil er fürchtete, unfreundlich zu klingen, fügte er höflich hinzu: »Ich heiße übrigens Matt James.«

»Hallo, Matt James. Du fragst dich vermutlich, wer ich bin. Nun, ich werde es dir sagen.« Sie brach ab, um dem vorbeilaufenden Max zuzurufen: »Heb deine Füße! So ist's recht!« Dann wandte sie sich wieder an die Tiger. »Ich bin Megan Walker …«, erklärte sie, »eure neue Fitness- und Motivationstrainerin.«

Während sie sprach, joggte sie immer noch voller Energie auf der Stelle, ohne auch nur das kleinste bisschen außer Atem zu geraten.

»Aber – Master Chang ist unser Trainer!«, wandte Catarina ein und sah die Frau verdattert an.

Matt wurde auf einmal ganz kalt vor Angst. Es war schon einmal passiert, dass Chang plötzlich ohne eine Erklärung ausgetauscht worden war. Hatte Mr Wu das womöglich wieder getan? Und diesmal womöglich endgültig?

»Nein, nein. Chang ist immer noch euer Trainer, wenn es um solchen Kram wie Kampftechniken und so geht«, erklärte Megan Walker mit einer wegwerfenden Handbewegung.

Eine Welle der Erleichterung überlief Matt.

»Aber ich bin hier, um euch megafit und bereit für Action zu machen!«, fuhr die Frau da auch schon fort und blickte voller Enthusiasmus um sich.

»Warten Sie mal ein Minütchen –«, setzte Catarina an.

»Keine Widerrede. Auf die Bahn mit euch und fangt an zu laufen.«

Catarinas Augen blitzten und Matt konnte sehen, dass sie kurz davor war, lautstark zu protestieren. Schnell legte er ihr die Hand auf den Arm und sagte leise: »Lass es gut sein fürs Erste.« Catarina schmollte, doch sie erwiderte nichts.

»Natürlich werden wir laufen«, versicherte Matt der neuen Trainerin höflich. »Kommt schon, Leute, los geht's!«

Er führte sie in schnellem Tempo um die Bahn herum. Catarina lief locker neben ihm her, und nachdem sie die erste Kurve genommen hatten, fragte sie mürrisch: »Warum durfte ich der Tussi denn nicht sagen, dass wir keinen Motivationstrainer brauchen? Wir haben Chang – der macht nicht nur ›solchen Kram wie Kampftechniken‹!«

»Stimmt«, mischte sich nun auch Ben ein. »Niemand könnte uns besser motivieren als Chang – hat sie denn überhaupt keine Ahnung davon, wie das hier läuft?«

»Ich bin ja ganz eurer Meinung, aber so einfach ist das

vermutlich nicht«, antwortete Matt, der nun, nach der zweiten Bahn rund um den Platz, allmählich schwerer atmete. Hinter sich konnten sie immer noch Megan Walker hören, wie sie die Läufer anbrüllte. »Sie ist aus irgendeinem Grund hier. Und mit Beschwerden werden wir nichts erreichen. Mr Wu wird sie bestimmt nicht wieder entlassen, nur weil wir sie nicht mögen.«

»Matt hat recht«, sagte Olivier. »Wir müssen nun mal mit ihr arbeiten, also machen wir lieber das Beste daraus.«

»Aber sie hat Changs Job übernommen – oder zumindest einen Teil davon!«, wandte Ben ein. »Was glaubt ihr, wie er sich da fühlt?«

»Chang hat uns immer eingebläut, dass wir diszipliniert sein sollen, uns auf das Wesentliche konzentrieren«, sagte Matt. »Und unsere Gefühle unter Kontrolle halten. Er will, dass wir in der Lage sind, mit dem Unvorhergesehenen umzugehen – und genau das müssen wir tun.«

Sie hatten nun die erste Runde hinter sich und kamen an Megan Walker vorbei. »Schneller!«, rief sie, als die vier an ihr vorbeirannten. »Zeigt mir, was ihr könnt!«

»Einfach«, keuchte Matt, sobald sie wieder außer Hörweite waren, »wird das allerdings nicht!«

Matt wusste schon gar nicht mehr, wie viele Runden sie gedreht hatten, als Chang Sifu mit Mr Wu neben Megan Walker am Rand der Bahn auftauchte. Er stupste Ben an. »Schau, er ist da.«

»Gott sei Dank!«

»Lasst uns haltmachen und ihn begrüßen«, schlug Catarina vor.

Sie verlangsamten ihr Tempo und kamen vor Chang zum Stehen.

»Guten Morgen, Sifu«, sagte Matt, während er und die anderen die traditionelle chinesische Geste der Respektsbekundung ausführten: Mit der linken Faust berührten sie auf Brusthöhe die Innenfläche der anderen Hand. Chang Sifu erwiderte die Geste.

»He! Habe ich gesagt, ihr dürft anhalten?«, keifte Megan Walker.

»Nein, sie hat NICHT gesagt, dass ihr anhalten dürft!«, meldete sich Mr Wu zu Wort. »Ihr müsst tun, was eure

Motivationstrainerin sagt – wenn sie sagt, rennt, dann RENNT ihr!«

»In der Tat«, meinte Chang leise. »Es ist wichtig, eine gestellte Aufgabe zu erfüllen. Die Schüler sind jedoch jetzt schon viele Runden gelaufen. Es ist nicht gut, sie zu überfordern. Vielleicht ist es Zeit für eine Pause?« Matt sah, wie sein Trainer Megan Walker anschaute. Sie begegnete seinem Blick, antwortete jedoch nicht.

Mr Wu explodierte und rief mit rauer, wütender Stimme: »Chang, Sie halten sich besser aus dieser Sache RAUS! Sie sind hier, um ihnen die tollen Tricks beizubringen, aber Miss Walker ist die Motivationstrainerin. Sie kennt ihren Job und da HABEN SIE SICH NICHT EINZUMISCHEN!«

Matt ballte die Hände zu Fäusten. Wut stieg in ihm auf. Am liebsten hätte er Mr Wu angeschrien und ihm deutlich gemacht, dass das asiatische Kampfsportteam der Internationalen Akademie Peking nur die Anweisungen ihres Trainers befolgte und weder die von Mr Wu noch von Miss Walker oder irgendjemandem sonst. Ihre Loyalität gehörte Chang Sifu. Doch bevor Matt den Mund aufmachen konnte, sah er, wie Chang ihm einen Blick zuwarf und kaum merklich den Kopf schüttelte. Chang wirkte so ruhig wie immer, als würde ihn Mr Wus Ausbruch nicht im Geringsten beeindrucken. Megan Walker schien das Ganze allerdings ein bisschen peinlich zu sein. Sie hatte sogar aufgehört, auf der Stelle zu hüpfen.

Der Rest der Mannschaft kam nun ebenfalls angerannt. Sie hatten Mr Wu wohl auch gehört, denn sie wirkten allesamt recht besorgt.

»Sind wir fertig?«, wollte Carl wissen.

»Hat Miss Walker euch gesagt, dass ihr aufhören dürft?«, bellte Mr Wu. »Nein? Sonst irgendjemand? Hört ihr schon Stimmen? Warum haltet ihr dann an?«

Olivier stupste Matt an. »Der Typ ist echt total gestresst«, murmelte er. »Er hat sich heute Morgen noch nicht mal richtig angezogen. Hast du seinen Hemdkragen gesehen? Völlig verdreckt.«

Matt schob sich ein bisschen näher an den Schulleiter heran, indem er so tat, als würde er auf der Stelle laufen. Da sah er, dass Mr Wus Kragen – der sonst immer blütenweiß sauber war – Flecken von einem gelbbraunen Puder hatte. Das war kein Dreck, wurde Matt plötzlich klar. Das war … Make-up? Matt hatte immer gewusst, dass ihr Schulleiter eitel war, aber Gesichtspuder zu verwenden? Was war denn bloß los mit ihrem Schulleiter? Bevor Matt Olivier antworten konnte, redete Mr Wu jedoch schon wieder weiter. Dieses Mal klang seine Stimme ein kleines bisschen ruhiger.

»Da ihr nun schon alle hier seid, will ich die Gelegenheit nutzen, um eine wichtige Ankündigung zu machen, bevor ihr mit eurem Training fortfahrt. Es ist absolut notwendig, dass ihr mit hundertprozentigem Einsatz bei der Sache seid, denn euer nächster Wettkampf wird früher stattfinden als ursprünglich geplant. Um genau zu sein, bereits in drei Tagen.«

Schockiertes Murmeln war im Team zu vernehmen. Sogar Chang Sifu runzelte ein wenig die Stirn.

»Drei Tage?«, flüsterte Ben. »Das ist verrückt!«

»Ich weiß!«, stimmte Matt ihm zu. »Da haben wir kaum genug Zeit, um zu –«

»RUHE bitte! Ich habe den neuen Termin dem Schulleiter der Internationalen Schule Singapur vorgeschlagen und er hat eingewilligt. Es hat also überhaupt keinen Sinn herumzustreiten.«

Matt hob die Hand. »Warum wurde der Termin verschoben, Sir?«

»Aus guten Gründen, die dich nicht zu interessieren brauchen.«

»Aber da bleibt uns nicht genug Zeit für die Vorbereitung –«, wandte Matt ein.

»Ihr habt mehr als genug Zeit, wenn ihr nicht FAUL seid!«, schleuderte Mr Wu ihm entgegen. Zwei leuchtend rote Flecken waren auf seinen Wangen aufgetaucht. »Also tut jetzt gefälligst, was Miss Walker euch sagt, und verschwendet meine Zeit nicht mit sinnlosen Diskussionen!«

Er drehte sich abrupt um und marschierte über den Rasen hinweg davon.

Megan Walker klatschte in die Hände. »Auf geht's, noch fünf Runden. Und dieses Mal zeigt ihr, was ihr draufhabt – los!«

Als Matt wieder in Laufschritt verfiel, merkte er, dass Chang ihn beobachtete. Eine Sekunde lang begegneten sich ihre Blicke. Changs Lippen formten stumm ein Wort.

Geduld.

Dann drehte Chang sich um und ging weg.

Matt wusste, dass Chang recht hatte. Ja, er würde Geduld haben. Aber hier ging etwas Seltsames vor sich. Und er war entschlossen herauszufinden, was das war.

»Okay, dann kommt alle mal her«, forderte Megan Walker sie auf, als die Nachzügler – Max, Abdul, Paolo und Jahmal – ihre letzte Runde beendeten. Die Mannschaft ließ sich erschöpft ins Gras sinken.

»Oh, nein nein nein nein nein!«, schimpfte die Trainerin. »Keine Schlappheiten, bitte!« Sie wippte immer noch auf den Fußballen, frisch und munter. »Hoch hoch hoch hoch.«

Mühsam rappelten sich die Schüler wieder auf. Max stand vornübergebeugt da und stützte sich mit den Händen auf den Knien ab.

»Stell dich aufrecht hin!«, wies Miss Walker ihn an.

»Eure Kondition ist erbärmlich und das werde ich ändern! Okay?« Niemand sagte etwas. »Ich habe gefragt, ob das okay ist?«, wiederholte sie mit scharfer Stimme.

Die Mannschaft nickte oder murmelte zustimmend. Matt wünschte, diese sogenannte Motiviationstrainerin würde aufhören herumzuhüpfen. Die Frau schien nicht in der Lage zu sein, still zu stehen.

»Und jetzt hört mir zu!« Miss Walker schenkte den versammelten Schülern ein breites Lächeln. »Ich habe etwas für euch.«

Sie kramte in ihrer Sporttasche herum. Als sie sich wieder aufrichtete, hielt sie einen Stapel DVDs in der Hand. »Das hier ist ein Motivationsfilm. Eine DVD für jeden von euch. Sie ist dazu gedacht, euch zu inspirieren – damit ihr an euch glaubt und voller Selbstbewusstsein seid. Diesen Film schaut ihr euch an, wann immer ihr nicht trainiert – vor dem Frühstück, in der Mittagspause, in euren Pausen, bevor ihr abends ins Bett geht – und … nun ja … wartet selbst, wie das Ergebnis ist. Aber es wird sich lohnen, das verspreche ich euch!«

Sie verteilte die DVDs.

Die Schüler starrten ungläubig auf die schmalen Schachteln.

»Viel Spaß!«, rief Miss Walker. »Und jetzt geht euch umziehen.«

Auf dem Weg zu den Umkleiden drehte Matt sich noch einmal um und sah, dass die Trainerin angefangen hatte, um die Bahn zu rennen, wobei ihre Arme und Beine wie bei einer Maschine wirbelten.

Er stupste Catarina an und zeigte auf Miss Walker.

»Hat die noch alle Tassen im Schrank?«, fragte Catarina fassungslos. Matt prustete los und Catarina stimmte mit ein. Doch bald darauf kehrte das ungute Gefühl wieder zurück, das Matt schon die ganze Zeit verspürte.

»Nur drei Tage, um uns auf das Turnier vorzubereiten! Wie soll das denn gehen?«, sagte er zu Catarina.

»Für die Mannschaft der Internationalen Schule Singapur wird es auch nicht leicht, schätze ich mal.«

»Vielleicht«, meinte Matt. »Aber haben die auch morgen Prüfungen, so wie wir?«

Und das war noch nicht alles. Matt war klar, dass der Mann, der sie eben so angebrüllt hatte, dem Mr Wu, wie sie ihn kannten, kein bisschen ähnlich war. Irgendetwas stimmte mit dem Schulleiter ganz und gar nicht – aber was nur?

Kapitel drei

Hoher Einsatz

Matt war völlig erschöpft. Er saß mit den anderen Tangshan Tigern im Speisesaal und rührte mit dem Löffel in seinem Haferbrei herum.

»Ich hab mich noch nie so schlecht auf eine Prüfung vorbereitet«, seufzte er.

»Ich weiß, was du meinst«, stöhnte nun auch Ben. »Eigentlich wollte ich gestern Abend alles noch mal wiederholen, aber nach der letzten Trainingseinheit im Kwoon war ich so kaputt, dass ich die Augen nicht mehr offen halten konnte.«

»Nun, wir werden einfach unser Bestes geben müssen.«

Die elektronischen Laute einer akustisch verstärkten *Guzheng*, der chinesischen Zither, erklangen aus den Lautsprechern, gefolgt von Mr Wus Stimme: »Die Prüfungen beginnen in fünfzehn Minuten. Alle Schüler mögen sich bitte in den Prüfungssaal begeben.«

Matt schob seine Haferbreischüssel von sich weg und stand auf. Die anderen taten es ihm gleich.

»Nun denn – viel Glück euch allen!«, wünschte Matt seinen Freunden.

»Das werden wir brauchen«, erwiderte Catarina.

Eine Stunde später saß Matt in der Prüfung und starrte den Bildschirm vor sich an. Außer Füßescharren, dem entfernten Brummen der Klimaanlage und gelegentlichem Husten war nichts zu hören. Miss Barraclough und der Geschichtslehrer, Mr Figgis, hatten Aufsicht.

Die Prüfungshalle war ein Hightech-Gebäude mit schallisolierten Wänden und getönten Fenstern, um das grelle Sonnenlicht auszusperren. Statt Prüfungsfragen auf Papier hatte jeder Tisch seinen eigenen Monitor, auf dem die Prüfungsfragen angezeigt wurden. Mithilfe eines Touchpads gaben die Schüler ihre Antworten ein.

Matt hatte jedoch noch überhaupt nichts angeklickt. Mr Wus seltsames Verhalten ging ihm nicht aus dem Sinn. Mr Wu war sehr ehrgeizig und er hatte sich stets gern im Erfolg seines asiatischen Kampfsportteams gesonnt. Doch bisher war er nie so befehlshaberisch, schlecht gelaunt und schlichtweg unverschämt gewesen. Es war, als hätte sich irgendeine fremde Macht seiner bemächtigt.

Vielleicht ist er krank, dachte Matt. Er ist jedenfalls nicht er selbst. Möglicherweise braucht Mr Wu einen Arzt …

Er schüttelte den Kopf. Jetzt musste er sich auf diese quadratischen Gleichungen konzentrieren. Also zwang er sich, seine Aufmerksamkeit auf die Fragen zu richten. Die rätselhaften kleinen x und y flimmerten auf dem Bildschirm und schienen ihn zu verspotten. Ein fotografisches Gedächtnis zu haben, war an sich eine ziemlich gute Sache – vorausgesetzt es gab etwas, das man sich einprägen konnte. Doch Matt hatte einen Großteil des Unterrichts zum Thema quadratische Gleichungen versäumt. Kein Wunder, dass er nun kaum wusste, wie er sie lösen sollte.

Er warf einen Blick auf die große Digitaluhr, die gegenüber an der Wand hing. Noch siebzehn Minuten und er hatte noch nicht mal richtig angefangen.

Er sah zu Olivier hinüber, der den Kopf in den Händen vergraben hatte. Als Olivier aufschaute und Matts Blick bemerkte, zeigte er auf den Monitor vor sich und verzog hilflos das Gesicht.

Matt nickte mitfühlend. Dann wandte er sich wieder seinem eigenen Bildschirm zu. Es müsste ein Wunder geschehen, damit er diese Prüfung bestand.

An diesem Abend versammelten sich die Tangshan Tiger wieder in Matts Zimmer.

»Und, wie ist es bei euch gelaufen?«, erkundigte sich Matt mit einem gequälten Lächeln.

»Ich war total mies«, erklärte Catarina zerknirscht.

Auch Olivier schüttelte traurig den Kopf. »Vollkatastrophe.«

»Ich mach mir ernsthaft Sorgen«, meinte Ben. »Meine Ergebnisse werden dermaßen grottenschlecht sein, dass die Schulbehörde davon erfahren wird. Und dann …«

»Aber sie werden uns doch sicher wiederholen lassen, oder?«, fragte Matt besorgt. Beim Gedanken daran, was seine Mutter sagen würde, falls man ihn von der Schule ausschloss, wurde ihm ganz elend. »Die würden uns doch nicht einfach rauswerfen, ohne uns eine zweite Chance zu geben?«

»Vermutlich nicht«, antwortete Ben. »Aber wenn Wu uns weiterhin dauernd bloß trainieren lässt und wir noch mehr Unterricht verpassen, dann werden wir, auch wenn wir die Prüfungen nachschreiben, nicht viel besser abschneiden.«

»Vielleicht lässt er nach dem Turnier gegen Singapur ein bisschen locker«, gab Olivier zu bedenken.

»Ja, aber vielleicht auch nicht!« Catarina wirkte wenig zuversichtlich. »Der Typ ist doch völlig durchgeknallt. Woher wollen wir denn wissen, dass er nicht drei Tage später gleich wieder einen Wettkampf ausmacht und uns bis zum Umfallen trainieren lässt?«

In diesem Moment erklangen die Laute der Guzheng wieder aus den Lautsprechern – das Zeichen für eine Durchsage.

»Dies ist eine Nachricht für das asiatische Kampfsportteam«, war Mr Wus laute Stimme zu vernehmen. »Die Mannschaft hat sich morgen früh um sechs Uhr im Kwoon einzufinden. Umgezogen und bereit zum Training. Ich wiederhole: sechs Uhr morgen früh. Verspätungen werden nicht geduldet. Vielen Dank.«

Einen Moment lang herrschte Stille, dann lachten die Tangshan Tiger laut heraus. Doch es war ein gequältes, fast schon hysterisches Lachen.

»Das ist einfach zu viel!«, japste Matt und an Catarina gewandt fügte er hinzu: »Du hast recht. Völlig durchgeknallt, der Typ.«

»Wie gut, dass wir noch drüber lachen können«, meinte Olivier.

Catarina seufzte. »Genau, denn sonst würden wir nur noch heulen.«

»Aber mal im Ernst«, sagte Matt, »so können wir nicht weitermachen.«

»Wie wäre es, wenn wir einfach streiken?«, schlug Catarina plötzlich vor. »Was würde Mr Wu dann tun?«

»Irgendwelche Reserveleute aufstellen«, antwortete Olivier. »Und unsere Mannschaft würde vom Tisch gefegt werden.«

»Aber wir müssen doch irgendetwas unternehmen!« Matt wollte sich nicht so schnell geschlagen geben.

»Ja«, stimmte Ben ihm zu. »Mit diesem ganzen Intensivtraining riskiert Wu nicht nur den Erfolg seines Teams, sondern auch noch unsere Schulbildung.«

»Ich schlage Folgendes vor«, sagte Matt. »Wir trainieren weiter und tun alles, damit wir das Turnier gewinnen. Aber warum forschen wir nebenher nicht auch noch ein bisschen nach, was da eigentlich los ist? Spionieren wir Mr Wu doch mal ein wenig hinterher! Irgendetwas Seltsames geht mit ihm vor sich. Ist zum Beispiel einem von euch aufgefallen, dass er gestern Make-up aufgetragen hat?«

»Du machst Witze!« Ben riss die Augen auf.

»Oh nein«, versicherte ihm Matt.

»Du hast absolut recht, Matt«, sagte Catarina. »Es reicht wirklich. Höchste Zeit, dass die Tangshan Tiger sich einschalten!«

Sie sprang auf.

»Du meinst – jetzt gleich?«, wollte Olivier wissen.

»Warum nicht?«, fragte Matt. »Es ist ja schon spät, bestimmt ist er direkt nach der Durchsage nach Hause gegangen. Schauen wir uns doch einfach mal in seinem Büro um!«

Die Lichter in den Fluren wurden bereits schwächer. In ein paar Minuten würde überall das etwas unheimliche blaue Leuchten der Nachteinstellung zu sehen sein. Bis dahin sollten nämlich alle Schüler im Bett sein. Auf dem Weg zu Mr Wus Büro wurden Matt und die anderen immer nervöser. Sie mussten sich beeilen, denn wenn ein Lehrer sie um diese Zeit erwischte, würde man sie sofort in ihre Zimmer zurückschicken, bevor sie etwas herausfinden konnten.

Zum Glück erreichten sie das Büro, ohne jemandem zu begegnen. Der Eingang zum Büro mit der aufwendig verzierten Tür befand sich in einem edlen Vorzimmer mit Ledersofas und großen Topfpflanzen. Matt wollte gerade nach der Klinke greifen, da machte er einen erschrockenen

Satz – denn in dem Moment schwang die Tür plötzlich auf. Vor ihnen stand Mr Wu und sah die Tangshan Tiger überrascht und missbilligend an.

»Was wollt ihr denn hier?«, zischte er. Dann warf er einen Blick über die Schulter hinweg in Richtung seines Büros …

… als gäbe es dort etwas, was wir nicht sehen sollen, zog es Matt durch den Kopf. »Es ist spät, ihr solltet oben in euren Zimmern sein! Ihr gehört zur Kampfsportmannschaft, also müsst ihr morgen früh aufstehen!«

Wie immer rettete Olivier sie mit einer plausibel klingenden Geschichte: »Wir waren auf dem Weg zu einer letzten Trainingseinheit«, redete er, ohne groß nachzudenken, auch schon drauflos. »Wir dachten, es könnte nützlich sein, am Abend draußen auf dem Sportplatz noch ein wenig an unserer Fitness zu arbeiten.«

Mr Wu wirkte misstrauisch. Sein Blick hinter den Brillengläsern wanderte unruhig von einem Tiger zum nächsten. »Aber warum treffe ich euch dann vor meinem Büro an? Hier geht es nicht zum Sportplatz!«

Mist! Er glaubt uns nicht, dachte Matt enttäuscht. Dabei konnte Olivier normalerweise jeden mit seinen Geschichten überzeugen, wenn er sich richtig Mühe gab. Aber sein Kumpel war noch nicht fertig:

»Wir würden doch niemals zu so später Stunde trainieren gehen, ohne Sie vorher um Erlaubnis gefragt zu haben, Sir«, erklärte Olivier mit seinem gewinnendsten Lächeln. »Deshalb sind wir zuerst zu Ihnen gekommen, um abzuklären, ob das in Ordnung geht.«

»Ah«, machte Mr Wu. Der misstrauische Ausdruck war aus seinem Gesicht verschwunden. Er schob seine Brille hinauf, die ihm auf der Nase ein Stück heruntergerutscht war. »Es ist schön, dass du so eifrig bist, äh – Verzeihung, wie heißt du gleich noch mal?«

»Olivier Girard«, erwiderte Olivier erstaunt. Auch Matt war verwirrt. Wie konnte Mr Wu nach all der Zeit Oliviers Namen vergessen haben?

»Nun, Olivier und ihr anderen«, meinte Mr Wu, der nun wohlwollend lächelte, »es freut mich zu sehen, dass ihr so sehr bei der Sache seid. Ich kann es kaum erwarten, zu sehen, wie ihr das Team aus Singapur in Grund und Boden stampfen werdet! Aber es tut mir leid, ihr könnt jetzt nicht mehr zum Training hinausgehen – es ist fast Schlafenszeit.«

Mr Wu schloss die Bürotür hinter sich zu und zog einen Schlüsselbund aus der Jackentasche.

Während Mr Wu mit seinen Schlüsseln herumhantierte, fiel Matt etwas Seltsames an ihrem Rektor auf. Normalerweise trug der nämlich teure, maßgeschneiderte Anzüge mit rasiermesserscharfen Bügelfalten. Der Anzug, den er heute anhatte, war jedoch verknittert und saß auch nicht richtig: Die Ärmel zum Beispiel reichten ihm bis weit über die Handgelenke hinunter. Auf dem Kragen schimmerten Fettflecken. Und seine Brille mit dem Metallrahmen ... Die wirkte irgendwie auch ein bisschen wacklig, dachte Matt, als Mr Wu sie erneut auf die Nase schob. Ihr Schulleiter war immer wie aus dem Ei gepellt gewesen – aber damit war es offensichtlich nun vorbei.

Irgendetwas geht hier vor sich, stellte Matt erneut fest. Warum lässt Mr Wu sich bloß so gehen?

Der Direktor schloss sein Büro ab, steckte die Schlüssel wieder in Tasche und schob seine Jackettärmel hinauf. »Dann mal gute Nacht«, sagte er. Beim Lächeln entblößte er eine Reihe spitzer Zähne. »Zeit fürs Bett – und kommt morgen früh nicht zu spät zum Training! Sechs Uhr!«

»Selbstverständlich werden wir pünktlich sein. Gute Nacht, Sir«, erwiderte Olivier mit einem höflichen Lächeln.

Die Tangshan Tiger drehten sich um und gingen langsam davon – so, als würden sie in ihre Zimmer zurückkehren.

Doch bereits im nächsten Flur winkte Matt seine Freunde in einen dunklen Winkel unter der Treppe.

»Am besten warten wir hier«, flüsterte er.

Eine Minute später wurden sie für ihre Geduld belohnt, als Mr Wu raschen Schrittes an ihnen vorbeiging. Er hatte den Blick auf den Boden gerichtet und wirkte so, als wäre er in Gedanken völlig woanders. Am Ende des Flures bog er um die Ecke und bald darauf verklangen seine Schritte.

»Ist außer mir noch jemandem sein Anzug aufgefallen?«, wollte Matt wissen.

»Ja.« Olivier nickte. »Ich habe ihn noch nie so schäbig gekleidet gesehen.«

»Da stimmt definitiv irgendetwas nicht«, gab Ben ihnen recht.

»Dann schauen wir doch mal, was für Hinweise wir in seinem Zimmer finden können.«

Sie eilten zurück zum Büro des Schulleiters.

»Und wie kommen wir da jetzt rein?« Olivier rüttelte an der Klinke. »Er hat doch abgeschlossen.«

»Was ist mit deinem Universalschlüssel, Ben?«, fragte Matt. Ben besaß nämlich ein recht praktisches Gerät, mit dem er jedes Schloss öffnen konnte.

Doch Ben schüttelte den Kopf. »Da muss ich heute passen. Der braucht erst eine Stickstoffnachfüllung.«

»Es muss doch irgendeine Möglichkeit geben, da hineinzukommen«, meinte Matt frustriert. Er war auf einmal davon überzeugt, die Erklärung für Wus seltsames Verhalten auf der anderen Seite dieser Tür zu finden. Aber was auch immer sich hinter der Tür verbergen mochte – wie sollten sie da herankommen?

»Keine Sorge, Leute, da kommen wir schon hinein!«, verkündete Catarina auf einmal. »Lasst das mal meine Sorge sein.«

»Was willst du denn –«, setzte Matt an. Doch Catarina war bereits lautlos durch den schwach erleuchteten Flur verschwunden.

Die verbliebenen Tangshan Tiger sahen sich verwirrt an.

Fünf Minuten vergingen. Plötzlich hörten sie auf der anderen Seite der Bürotür Geräusche. War das ein Fenster, das geöffnet wurde? Matt und die anderen warfen sich einen Blick zu. Sie hörten leise Schritte. Dann ein Klicken, und dann sah Matt, wie sich die Türklinke bewegte.

Die Tür ging auf und vor ihnen stand Catarina, die breit grinste.

»Wie zum Henker hast du das gemacht?«, wollte Matt wissen.

»Bin durchs Fenster rein, wie denn sonst?« Catarina zuckte mit den Schultern.

»Aber wir sind hier doch im fünften Stock!«, wandte Olivier verblüfft ein.

»Ja, und?«, meinte ihre Freundin bloß und tat so, als verstehe sie nicht ganz, was er meinte.

Die Tangshan Tiger lachten. Inzwischen sollten sie an Catarinas Unerschrockenheit wirklich gewöhnt sein. Der gelenkigen Brasilianerin fiel es genauso leicht, einen Baum hinauf und durch ein Fenster im fünften Stock zu klettern, wie eine Treppe hinaufzulaufen.

Matt sah sich in Mr Wus riesigem, beeindruckendem Büro um. Ringsherum waren Sport-Trophäen aufgereiht. Außerdem gab es ein Bücherregal, das bis unter die Decke reichte. Darin standen in Leder gebundene Ausgaben von Klassikern aus China und Europa. Auf dem massiven Mahagoni-Schreibtisch thronte ein nagelneuer schwarzer Computer mit einem breiten Flachbildschirm. Das Fenster, durch das Catarina hereingeklettert war, stand immer noch offen, sodass der Vorhang sich im Nachtwind bauschte.

»Nicht schlecht«, meinte Ben mit einem Blick auf den Computer. »Ein Stratoschwarz 6000 – das Beste vom Besten. Wenn Mr Wu Geheimnisse über diesen Wettkampf versteckt, dann finden wir sie garantiert hier drin.«

Die Tangshan Tiger versammelten sich um Ben, der mit einem Knopfdruck den Computer summend zum Leben erweckte. Das Bild eines silbergrauen Wolfs tauchte auf, der den Vollmond anheulte.

Darunter erschien ein Fenster. BITTE GEBEN SIE DAS PASSWORT EIN.

»Hm«, meinte Olivier. »Das könnte ein Problem werden. Versuch doch mal seinen Namen.«

Ben tippte ihn ein.

FALSCHE PASSWORT-EINGABE.

»Wie wäre es einfach nur mit ›Passwort‹«, schlug Catarina vor. »Nicht gerade originell, aber wer weiß …«

»Glaube ich kaum.« Doch Ben probierte es trotzdem.

FALSCHE PASSWORT-EINGABE.

»Das gefällt mir gar nicht«, sagte Ben. »Diese Stratoschwarz-Computer haben eine Art Schutzvorrichtung – wenn man da dreimal das falsche Passwort eingibt, machen die dicht. Also komplett. Dann kommen wir da nie rein. Und Mr Wu wird auch noch wissen, dass jemand an seinem Computer herumgespielt hat –«

»Dann haben wir also nur noch einen Versuch«, seufzte Matt. »Was könnte es sein?«

»Er liebt es, Wettbewerbe zu gewinnen«, grübelte Olivier. »Wie wäre es denn mit ›Wettbewerb‹? Oder vielleicht ›Turnier‹?«

»Oder ›gewinnen‹?«, überlegte Catarina laut.

Matt schnipste mit den Fingern, als ihm eine Idee kam. »Probier mal ›Sieg‹«, sagte er.

»Ja.« Ben nickte. »Sieg – das klingt gut. Okay, versuchen wir's!«

Er gab das Wort ein.

Einen Moment lang hielten sie alle den Atem an.

Der Bildschirm leuchtete auf und überall auf dem Desktop erschienen Icons, die typischen Symbole für die verschiedenen Dateien und Anwendungsprogramme.

Die Tiger stießen einen unterdrückten Freudenschrei aus.

»Nächste Frage«, meinte Olivier dann. »Wonach genau suchen wir?«

»Das weiß ich auch nicht so richtig«, gab Matt zu. »Ich dachte, wir stöbern einfach mal ein bisschen herum. Dann werden wir schon etwas finden.« Er rieb sich das Kinn. »Wie wäre es mit seinen E-Mails?«

Ben klickte auf das E-Mail-Symbol und öffnete Mr Wus Postfach.

Zu viert überflogen sie die Liste von E-Mails. Da war jedoch nichts Ungewöhnliches dabei: E-Mails zu akademischen Angelegenheiten, Stundenplanfragen, Gebäudepflege, Finanzberichte, Protokolle von Sitzungen des Schulaufsichtsrats …

»Sieht nicht aus, als gäb's da was –«, setzte Catarina an, doch Olivier unterbrach sie mit einem »Psssst!« und legte den Finger an die Lippen.

Draußen vor dem Büro konnte man schwere Schritte hören – einer der Sicherheitsbeamten machte wohl seine nächtliche Runde.

Sie standen stocksteif da und hielten den Atem an. Dann entfernten sich die Schritte wieder. Erleichtert seufzten die vier auf.

»Seht mal, das hier ist komisch.« Matt zeigte auf Mr Wus Postfach.

»Was denn?«, wollte Catarina wissen.

»Das Turnier ist in zwei Tagen – er hat den Termin gerade erst verlegt –, und trotzdem wird das in seinen letzten E-Mails nirgends erwähnt. Außer natürlich … außer, er hat alle E-Mails gelöscht, in denen es um das Turnier in Singapur geht!«

Ein elektronisches »*Piep!*« vom Computer ließ sie alle zusammenzucken.

»Was war das denn?«, fragte Matt.

»Ach, das ist nur so ein Pop-up.« Ben zeigte auf ein Werbefenster, das auf dem Bildschirm aufgetaucht war und ihnen einen kurzfristigen Kredit zu unglaublich tollen Konditionen anbot. »Man nennt das ›Spyware‹: Die nistet sich im System ein und nervt mit Pop-up-Werbeanzeigen. Wie es aussieht, war Mr Wu beim Internetsurfen ein bisschen unvorsichtig!«

»Wie meinst du das, unvorsichtig?« Matts Interesse war sofort geweckt.

»Nun, es gibt Dinge, die man tun kann, um seinen Computer davor zu schützen, sich mit Spyware zu infizieren.

Also Programme, die das abblocken. Aber die Mühe hat Mr Wu sich offensichtlich nicht gemacht. Man holt sich solche Spyware meistens beim Surfen im Netz. Vor allem, wenn man Internetseiten besucht, für die man zahlen muss.«

»Wie zum Beispiel …?«, hakte Olivier nach.

»… wie zum Beispiel bestimmte Shopping-Seiten oder Seiten mit Computerspielen oder mit Wetten …«

»Lasst uns doch mal Wus Internetverlauf der letzten Tage ansehen«, schlug Olivier vor. »Vielleicht stoßen wir da ja auf einen Hinweis.«

»Kein Problem.«

Die Tangshan Tiger drängten sich noch dichter um den Computer, als Ben das Protokoll der zuletzt besuchten Internetseiten prüfte und nun die Seiten aufrief, die Mr Wu kürzlich besucht hatte.

Eine Liste von Websites füllte den Bildschirm, zusammen mit einer Vielzahl bunter Werbeanzeigen von Finanzanbietern, Kreditkartenfirmen, Geldverleihern und Wettbüros. Überall flimmerten Dollar-Symbole und Geldsäcke, Spielkarten und Roulettescheiben.

Matt las die Namen der besuchten Seiten laut vor:

»Das-Wettbüro … Gewinn-Wetten … Die Verrückte Spielhölle … Alles-oder-Nichts … Honest Johnsons Wettbüro … Nichts-als-Gewinne … Sportwetten … Besser-Wetten …«

Den Tangshan Tigern blieb vor Staunen einen Moment die Sprache weg. »Das sind ja alles Wettseiten!«, stellte Ben schließlich fest.

»Aber auf was wettet er denn? Kannst du mal eine dieser Seiten aufrufen?«, fragte Olivier.

Ben klickte auf die erste. Die Website wurde geladen. Dann ging ein Fenster auf, in dem stand: WILLKOMMEN, SILBERNER SCHATTEN.

»Das muss der Name sein, unter dem er seine Wetten platziert«, sagte Ben. »Ich schätze mal, er will nicht, dass man ihn identifiziert.«

Dann tauchten die Einzelheiten zu Mr Wus Wette auf: Er hatte zehntausend Dollar darauf gesetzt, dass die Internationale Akademie Peking Singapur schlug.

»Ich fass es nicht! Er wettet auf unser Turnier gegen Singapur!«, rief Matt ungläubig.

»Und was genau bedeutet das?«, wollte Catarina wissen.

»Es gibt bisher keinen Favoriten«, erklärte Ben. »Wenn *wir* gewinnen, verdoppelt Wu sein Geld.«

»Aber warum hat er auf so vielen verschiedenen Seiten gewettet?« Olivier schüttelte verständnislos den Kopf.

»Bei uns nennt man das ›spread-betting‹«, fuhr Ben fort. »Mein Onkel hat früher total viel gewettet, bevor meine Tante ihn dazu gezwungen hat, es aufzugeben. Er hat mir das mal erklärt. Wenn Mr Wu das ganze Geld in einem Batzen verwetten will, dann werden die Buchmacher vielleicht misstrauisch und könnten die Wette ablehnen. Außerdem würde er seine Gewinnchancen senken, wenn er eine große Wette abschließt. Die würden dann nämlich denken, dass er einen Tipp bekommen hat, und Peking würde zum Favoriten aufsteigen. Aber wenn er kleine oder mittelgroße Wetten bei verschiedenen Wettbüros abschließt, macht er bei allen ganz anständig Gewinn.«

»*Zehntausend* Dollar?«, wiederholte Matt. »Das würde ich jetzt nicht als klein oder mittel bezeichnen!«

»Und er hat jede Menge davon abgeschlossen. Wo hat er überhaupt das ganze Geld her?«, wunderte sich Catarina. »Das ergibt doch keinen Sinn.«

In diesem Moment tauchte eine Meldung auf dem Bildschirm auf, dass eine neue E-Mail eingegangen war. Matt sah, dass sie von der Volksbank China kam. Er sah genauer hin und konnte nur staunen.

»›Der Transfer von fünfzehn Millionen Yuan auf das Privatkonto 11126573 wird hiermit bestätigt‹«, las er vor. »Das sind eine Million Pfund! Er nimmt sich das Geld einfach von der Akademie und zahlt es dann auf sein eigenes Konto ein!«

»Unglaublich. Er spielt tatsächlich mit dem Geld der Schule!«, bestätigte Ben.

»Ich schätze mal, er hofft, das alles zurückzahlen zu können … wenn er gewinnt«, meinte Olivier. »Wobei er den ganzen Gewinn sicher selber einstreichen will!«

»Und wenn wir verlieren … was ist dann?«, wollte Ben wissen. »Dann würde die Schule schließen müssen!«

»Genau. Aber selbst wenn wir gewinnen, steckt Mr Wu

mächtig in der Klemme – zumindest, falls das hier je rauskommt«, stellte Matt fest. »Er würde nämlich direkt ins Gefängnis wandern. Und der Ruf der Schule wäre für immer ruiniert!«

»Aber wie kann Wu nur so etwas tun?« Olivier wirkte völlig fassungslos. »Man kann über ihn sagen, was man will, aber ich habe immer gedacht, er ist total stolz auf diese Schule.«

»Tja, damit ist es wohl vorbei. Der Kerl ist völlig *loco*!« Catarina tippte sich mit dem Finger an die Stirn.

Ein Geräusch im Vorraum ließ sie alle plötzlich verstummen. Wieder Schritte.

Das müssen noch mal die Nachtwächter sein, versuchte Matt, sich zu beruhigen. Nichts, weshalb wir uns Sorgen machen müssten.

Im nächsten Augenblick hörten sie jedoch den Schlüssel im Schloss klappern. Mr Wu musste zurückgekommen sein!

Die Tangshan Tiger sahen sich an. Vor Schreck waren sie wie gelähmt.

Wer auch immer da draußen war – er hatte wohl einige

Probleme, denn er hantierte immer noch vergeblich am Türschloss herum. Da Mr Wu davon ausging, dass die Tür abgeschlossen war, hatte er sie beim Versuch aufzuschließen wohl lediglich wieder abgesperrt. Sie hörten ihn genervt murmeln, als die Tür sich nicht öffnen wollte. Das verschaffte ihnen einen Zeitvorsprung von einigen entscheidenden Sekunden.

»Schnell!«, flüsterte Catarina. »Zum Fenster raus!«

Ben fuhr den Computer herunter, kletterte über das Fensterbrett und verschwand. Olivier folgte ihm rasch.

Dann war Matt an der Reihe. Der frische Abendwind zerzauste ihm die Haare, als er auf den schmalen Vorsprung unterhalb des Fensters trat. Er klammerte sich fest und zwang sich, nicht nach unten zu schauen. Ben und Olivier hockten auf demselben Vorsprung auf der anderen Seite des Fensters. Matt schob sich noch ein Stück weiter, um Platz für Catarina zu machen. Doch es war zu spät – Mr Wu war es schließlich doch noch gelungen, die Tür aufzuschließen. Durch das Fenster sah Matt, wie sich die Klinke bewegte.

Catarina saß in der Falle. Ihre Miene spiegelte blankes Entsetzen wider.

Als die Tür aufging, löste sie sich aus ihrer Starre. Blitzschnell stellte sie einen Fuß auf das Regal hinter der Tür und zog sich geschickt und geräuschlos bis zur Decke hinauf. Dort drückte sie sich in die Ecke, die von Wand, Decke und dem obersten Regalbrett gebildet wurde. Als Mr Wu den Raum betrat, hing sie wie eine riesige Spinne über seinem Kopf.

Matt hielt den Atem an.

»Catarina?«, fragte Olivier tonlos. Er konnte sie von seiner Position aus nicht sehen.

»Alles okay«, signalisierte Matt ihm. »Zumindest fürs Erste.«

Catarina konnte sich nur durch pure Muskelkraft an Ort und Stelle halten. Wenn sie ihre Haltung auch nur für den Bruchteil einer Sekunde lockerte, würde sie sofort zu Boden plumpsen. Wie lange würde sie so durchhalten?

Mr Wu eilte zu seinem Schreibtisch hinüber. Dort zog er die Schubladen auf und suchte nach irgendetwas. Matt

hörte ihn zufrieden grunzen, als er einen Packen Papier herauszog. Dann schloss der Direktor die Schublade wieder. Dabei fiel ihm das offene Fenster auf. Er trat näher, um es zu schließen. Matt duckte sich und Ben und Olivier taten ihm gegenüber auf dem Fensterbrett dasselbe. Mr Wu musste bloß einen Blick nach rechts oder links werfen und sie würden auffliegen.

Der Direktor stand jedoch nur einen Augenblick lang da und atmete die frische Nachtluft ein. Der Augenblick schien Matt eine Ewigkeit zu dauern.

Schließlich schloss Wu das Fenster und drehte sich um.

Matt konnte wieder durchatmen. Durchs Fenster sah er, wie Mr Wu das Büro verließ. Er hatte den Kopf über seine Papiere gebeugt, sodass er Catarina, die eineinhalb Meter über ihm hing, nicht wahrnahm.

Catarina war die Anstrengung deutlich anzusehen. Sie hatte die Zähne zusammengebissen und ihre Wangen waren leuchtend rot.

Die Tür schloss sich hinter Mr Wu.

Catarina sprang geräuschlos hinunter. Dann atmete sie

erleichtert durch, strich sich die dunklen Haare aus dem Gesicht und kam grinsend hinüber zum Fenster.

»He, Catarina, das war fantastisch!«, staunte Matt, als er zurück ins Zimmer kletterte.

»Ja, fantastisch schmerzhaft!« Catarina rieb sich ihre Armmuskeln.

Auch Ben und Olivier waren inzwischen wieder da und schlugen Catarina anerkennend auf die Schultern.

»Was für eine Nacht!«, stellte Olivier fest. »Hier wird's einem keine Sekunde langweilig, was?«

»Ich glaube, heute können wir nichts mehr tun«, meinte Matt. »Aber wir haben das Wichtigste herausgefunden – nämlich, was mit Mr Wu los ist. Jetzt sollten wir uns lieber ein bisschen ausruhen. Schließlich haben wir morgen früh um sechs Training.«

»Ja, falls ich mir beim An-die-Zimmerdecke-Klammern nicht alle Muskeln gezerrt habe!«, ächzte Catarina.

Die Tiger lachten.

»Und was genau unternehmen wir jetzt wegen Mr Wu?«, wollte Ben wissen.

»Da wird uns schon was einfallen«, antwortete Matt. »Schlafen wir erst mal drüber.«

Matt vermutete jedoch, dass er in dieser Nacht nicht sonderlich viel schlafen würde. Er musste über zu viele Dinge nachdenken.

Kapitel vier

Unterirdische Überraschung

»Guten Morgen zusammen!«, begrüßte sie Megan Walker.

Sie stand in der Mitte des Kwoon und trug einen leuchtend roten Trainingsanzug. Die Mannschaft hatte sich in einem lockeren Halbkreis um sie versammelt. Einige von ihnen gähnten oder rieben sich die Augen.

»Das ist viel zu früh«, grummelte Carl. »Wir sollten immer noch schlafend in unseren Betten liegen!« Ausnahmsweise war Matt ganz seiner Meinung.

»Unsinn«, widersprach Miss Walker munter. »Das ist der beste Teil des Tages!« Sie wirkte frisch und ausgeruht, als sei sie schon seit Stunden auf den Beinen.

Aber wo war Chang?

Matt hob die Hand. »Entschuldigung, ist das nicht die Trainingseinheit mit Chang Sifu? Wir dachten –«

»Ich nehme euch heute mit auf eine Exkursion. Deshalb starten wir auch so früh am Morgen. Chang Sifu wird uns nicht begleiten müssen.«

»Wo gehen wir denn hin?«, wollte Lola wissen und sah die Trainerin neugierig an.

»Das werdet ihr schon sehen, sobald wir da sind«, antwortete Miss Walker geheimnisvoll. »Folgt mir – der Teambus wartet bereits draußen.«

Als sie hinter Miss Walker die Halle verließen, winkte Matt die anderen Tangshan Tiger zu sich.

»Hat irgendjemand eine gute Idee?«

»Wegen Mr Wu?«, hakte Olivier nach. »Könnten wir einen der Lehrer einweihen? Mr Figgis vielleicht?«

»Dann müssten wir zugeben, dass wir in Mr Wus Büro eingebrochen sind und seinen Computer gehackt haben«, gab Matt zu bedenken.

»Und wenn wir es Chang erzählen?«, schlug Ben vor. »Der hätte sicher mehr Verständnis, da bin ich sicher.«

»Vielleicht.« Der Gedanke war Matt auch schon gekommen. Aber so ganz glücklich war er damit trotzdem nicht. »Ich denke irgendwie, dass Chang es besser fände, wenn wir das selbst lösen. Das hat er doch früher schon deutlich gemacht: Er will, dass wir auf eigenen Beinen stehen. Wenn wir ihn um Hilfe bitten, dann wäre das so, als hätten wir versagt.«

»In gewisser Hinsicht hätten wir das ja auch!«, meinte Catarina. »Und bis jetzt haben wir doch alle unsere Fälle selbst gelöst, richtig?«

»Beeilung dahinten!«, rief Megan Walker ihnen zu. »Nicht trödeln!«

Seufzend holten sie ihre Mannschaftskollegen ein und begaben sich nach draußen zum Bus.

»Hier sind wir«, erklärte Megan Walker. »Das Champions Fitnessstudio.«

Das Team sah sich in der beeindruckenden Sporthalle um, in der sie nun standen. Sie war ultramodern und ultraschick.

Sicher hat es ein Vermögen gekostet, hier Mitglied zu werden, dachte Matt. Das Studio befand sich mitten in Peking. Es handelte sich um ein riesiges Gebäude und Matt konnte von seinem Standort aus einen Raum voller Leute sehen: Einige trainierten mit Gewichten, andere verausgabten sich an Rudermaschinen oder auf dem Laufband. Ein Stück weiter absolvierten einige Turner an Barren und Reck ihre Übungen und ganz am Ende der Halle – so weit entfernt, dass die Spieler winzig wirkten – fand ein Volleyballspiel statt.

Die Kampfsportarena war viel größer als das Kwoon der Akademie. Es gab mehrere große Matten. Einige Männer in Kampfanzügen waren gerade dabei, sich auf der Matte aufzuwärmen, zu der Megan Walker das Pekinger Team geführt hatte.

»Wow!«, staunte Ben. »Das ist echt beeindruckend!«

»Freut mich, dass es euch gefällt«, sagte Miss Walker. »Hier mache ich mein Kampfsporttraining.«

»Sie machen asiatischen Kampfsport?!«, fragte Carl ungläubig.

Matt musste unwillkürlich grinsen. Er hatte schon bemerkt, dass Megan Walker nicht so Carls Fall war.

»Ja – warum?«

Carl zuckte mit den Schultern. »Ich kann Sie mir bloß nicht auf der Matte vorstellen, das ist alles.«

Ohne sich zu drehen oder die Haltung auch nur im Geringsten zu ändern, vollführte Megan plötzlich mit einem Bein einen hohen Kick, der direkt auf Carls Gesicht zielte.

Ihr Fuß hielt einen Millimeter vor Carls Nase an.

»He! Was zum –« Carl sprang zurück. Seine Reaktion wäre allerdings viel zu spät gekommen, wenn Megan tatsächlich beabsichtigt hätte, ihn mit dem Kick zu treffen.

»Damit hast du nicht gerechnet, was? Unterschätze niemals einen möglichen Gegner«, erklärte Megan. »Ich könnte mit dem großen Zeh einem Mann das Auge ausstechen.«

Man hörte das Team nach Luft schnappen. Matt konnte kaum glauben, was er da gerade gehört hatte. Megan Walker hüstelte. »Natürlich nur, wenn ich das wollte«, fügte sie hastig hinzu. »Keine Sorge, Leute, euch tue ich selbstverständlich nichts.«

Es herrschte nervöses Schweigen.

Woher um alles in der Welt kennt Mr Wu so jemanden?, fragte sich Matt.

»Wie dem auch sei«, fuhr Megan fort. »Ich habe euch hierhergebracht, damit ihr einige asiatische Kampfkunstexperten in Aktion erleben könnt. Damit ihr mal einen Eindruck davon bekommt, wie es richtig gemacht wird.«

Matt spürte einen Stich, weil er sofort an Chang dachte. Wollte sie etwa behaupten, Chang sei kein Experte?

»Ach, und übrigens«, sagte Megan, »habt ihr alle die DVD angeschaut, die ich euch gegeben habe?«

Ein paar aus dem Team bejahten. Auch Matt nickte. Er hatte am Abend zuvor mal kurz reingeschaut. Es handelte sich vor allem um Kampfsport-Sequenzen und dazwischen blickten Leute mit ernster Miene in die Kamera und sagten so Sachen wie: ›Gewinnen ist nicht alles, es ist das Einzige‹ oder ›Zeig mir einen guten Verlierer und ich zeige dir einen Verlierer‹. Die Idee dahinter schien zu sein, dass man um jeden Preis gewinnen wollen musste und alles tun sollte, um den Gegner aus der Fassung zu bringen oder zu demütigen. Es war ganz anders als Chang Sifus Philosophie des ehrbaren Kampfes.

»Gut. Schaut sie euch immer wieder an«, sagte Megan. »Ihr müsst diesen Hunger entwickeln, um jeden Preis gewinnen zu wollen. Wenn ihr das mit der Art von Können verbindet, die ihr hier heute zu sehen bekommt, dann werdet ihr unbesiegbar sein!«

Sie bedeutete den Schülern, sich an die Seite der Kampfsportarena zu setzen. Matt verspürte nun doch eine leichte freudige Aufregung – er liebte es, Experten für asiatischen Kampfsport zuzusehen.

Zwei Männer in Kampfanzügen betraten die Matte. Sie waren beide groß, über einen Meter neunzig, breitschultrig und massig im Körperbau. Der eine war dunkelhäutig, der andere weiß. Matt war gut darin, die Fähigkeiten eines Kämpfers anhand seiner Erscheinung zu beurteilen. Und ein Blick auf diese beiden zeigte ihm, dass sie ihre Sache beherrschten. Ganz offensichtlich waren sie superfit: Ihre Muskeln zeichneten sich deutlich ab und ihre Haltung drückte Selbstbewusstsein aus.

Sie stellten sich einander gegenüber auf und verbeugten sich.

Matt erwartete einen Jiu-Jitsu- oder Judoschaukampf oder vielleicht Wrestling. Die beiden Männer waren so kräftig und stämmig, dass sie körperlich wie geschaffen für diese Kampfstile waren, bei denen viel gerungen und festgehalten wurde.

Der Kampf begann, indem der schwarze Kämpfer zu einem Sprung ansetzte, sich dabei in der Luft um 360 Grad drehte und einen Kick in Richtung des Kopfes seines Gegners ausführte. Dieser jedoch duckte sich *unter* dem Kick durch, machte eine Rolle vorwärts, sprang wieder auf und ließ einen Rückwärtskick folgen – über den der schwarze Kämpfer wiederum einfach drübersprang.

Matt war völlig platt. Die zwei Männer vollführten Saltos, Handstandüberschlag, Räder und Bewegungsabläufe, die mindestens so sehr ins Ballett zu gehören schienen wie in den asiatischen Kampfsport. Dabei ließen sie aus jedem nur denkbaren Winkel ernste Faustschläge und Tritte regnen. Matt hatte noch nie einen Kampf gesehen, der gleichzeitig so kraftvoll und doch so anmutig wirkte.

»Das ist fantastisch!«, raunte er Catarina zu, die neben ihm saß.

»Das ist *Capoeira*«, erwiderte sie. »Das sollte ich kennen – schließlich ist das mein Stil! Aber ich weiß nicht, ob ich es je so können werde. Diese beiden sind unglaublich!«

»Ich möchte zu gerne wissen, wie sie das machen«, wunderte sich Matt. »Die wiegen doch beide sicher an die hundert Kilo, aber sie springen herum, als wären sie federleicht!«

»Das stimmt«, mischte sich Megan Walker ein, die hinter Matt stand. »Das liegt zum Teil an diesem Studio – es hat einen ganz speziellen gefederten Boden. Fühl mal.« Sie wippte auf den Fußballen und Matt machte es ihr nach. Der Boden fühlte sich weich an. Er gab unter den Füßen ein wenig nach und federte dann zurück.

Der Rest der Mannschaft probierte es nun auch aus. »He!«, meinte Lola. »Das ist ja wie auf einem Trampolin!«

»Nun ja, so in der Art«, gab Megan zu. »Das liegt daran,

dass das Fitnessstudio über einem Hohlraum gebaut ist – über einem großen Erdloch. Unter dem Fußboden befindet sich eine leere alte Höhle. Dieser speziell gefederte Boden verleiht den Kämpfern eine Spur mehr Sprungkraft. Außerdem mindert er natürlich den Aufprall beim Hinfallen.«

Wow, dachte Matt. Eine leere Höhle direkt unter dem geschäftigen, betriebsamen Peking. Was für eine tolle Stadt!

»Die Kunst dieser beiden Kämpfer hat ihren Ursprung aber noch in ein bisschen mehr als einem federnden Boden«, fuhr Megan fort. »Sie ist absoluter Hingabe zu verdanken. Diesen Grad an Können erreicht man nur, wenn man pausenlos übt. Diese Jungs trainieren sechs Stunden am Tag. Deshalb gehören sie zu den Besten der Welt. Und falls ihr die Hoffnung habt, irgendwann ähnlich gut zu werden, dann muss der Kampfsport für euch das Wichtigste in eurem Leben sein. Das *Einzige* in eurem Leben.«

Matt und die anderen Tangshan Tiger sahen sich an. Matt liebte den Kampfsport, aber er glaubte nicht, dass er je in der Lage sein würde, dem sein ganzes Leben zu opfern. Schließlich gab es noch andere wichtige Dinge – wie zum Beispiel gute Freunde. Manchmal wollte er auch einfach nur Spaß haben, nicht mehr. Und wenn man zufällig ein Tangshan Tiger war, dann gab es natürlich noch etwas: die Verbrecherjagd. Matt blickte zu seinen Freunden und er konnte sehen, dass die anderen dasselbe dachten. Ben runzelte ein wenig die Stirn, Olivier schüttelte den Kopf und Catarina schob trotzig ihre Unterlippe vor.

Dann wandte Matt seine Aufmerksamkeit wieder dem Schaukampf zu. Der war nämlich wirklich sehenswert. Das Tempo des Kampfes nahm ständig zu. Der weiße Kämpfer schlug einen Salto und setzte bei der Landung gleich zu einem Kick an. Sein Gegner packte ihn jedoch am Fuß und warf ihn um, was er prompt mit einem Rückwärtssalto auffing. Da kam der schwarze Kämpfer schon Räder schlagend auf ihn zu, worauf er eine Kombination aus drei Schlägen folgen ließ. Der weiße Kämpfer blockte alle drei Fausthiebe ab und revanchierte sich mit einem halbkreisförmigen Kick. Der andere sprang darüber, vollführte eine Drehung und schlug seitlich mit dem Bein aus …

Der Kampf endete, als sie beide gleichzeitig einen Kick Richtung Kinn ausführten. Sie ließen sich fallen, lagen dann eine Sekunde lang flach auf dem Rücken, bevor sie mit einer besonders beeindruckenden Rolle rückwärts aufstanden. Schwer atmend verbeugten sie sich und verließen die Matte.

Das Pekinger Team lachte und klatschte.

Diese letzte Kombination muss einstudiert gewesen sein, dachte Matt. Doch sie war so gekonnt ausgeführt worden, dass man die beiden nur bewundern konnte. In einem echten Kampf wäre jeder dieser Männer als Gegner zu fürchten.

»Freut mich, dass es euch gefallen hat«, sagte Megan, als der Beifall nachließ. »Seht ihr, was ihr erreichen könnt, wenn ihr euer Leben dem Sport verschreibt? Jetzt werden wir noch einige andere Vorführungen aus verschiedenen Kampfsportdisziplinen sehen. Wartet kurz hier, während ich das organisiere.«

Sie ging hinüber zur anderen Seite der Kampfarena und war dort bald in ein Gespräch mit einem der weiß gekleideten Athleten vertieft.

»Und, was meint ihr?«, wollte Matt wissen.

»Echt beeindruckend«, meinte Ben. »Auf jeden Fall spaßiger als eine Doppelstunde Mathe. Aber falls wir unsere Prüfungen wiederholen müssen, wird uns das nicht viel nützen.«

Nun, wo der Schaukampf vorbei war, kehrte wieder Ruhe ein im Studio. Matt hörte das leise Summen der Laufbänder, das entfernte Klacken der Rudermaschinen und ab und zu einen Zuruf der Volleyballspieler am anderen Ende. Sonst nicht viel. Abgesehen von einem seltsam unterdrückten Rufen, das von irgendwoher zu hören war. Es kam und ging und mischte sich mit den anderen Geräuschen in der Halle – irgendwie schien es jedoch von woanders herzukommen. Es klang nicht nach einem Ausruf der Erschöpfung oder Frustration. Es klang eher wie … Matt überlief es eiskalt, als ihm klar wurde, dass es wie ein Verzweiflungsschrei klang.

Ein Hilferuf.

»Habt ihr das gehört?«, flüsterte er aufgeregt seinen Freunden zu.

»Nein – was denn?«, wollte Olivier wissen.

Und wieder war das Rufen zu vernehmen – leise, erstickt, aber voller Verzweiflung.

»Da!«

»Ja, jetzt hab ich's auch gehört«, meinte Olivier.

»Da steckt jemand in der Klemme«, stimmte Catarina ihnen zu.

»Aber wo kommt das her?«

»Klingt so, als käme es von unten«, sagte Ben.

Sie lauschten wieder. Doch der Hilferuf war verstummt.

»Es könnte tatsächlich von unten kommen«, sagte Olivier langsam. »Miss Walker hat doch vorhin diese Höhle erwähnt, erinnert ihr euch?«

»Meinst du etwa, da ist jemand gefangen?«, fragte Catarina.

»Ich gebe zu, das klingt ziemlich krass.« Olivier zuckte mit den Schultern. »Aber wir haben schon eine Menge krasse Sachen gesehen. Und wir haben es alle gehört. Ich finde, wir sollten da mal nachsehen.«

»Ich komme mit«, erklärte Matt.

Catarina war sofort Feuer und Flamme. »Am besten gehen wir alle!«

»Nein, wenn wir das tun, wundert sich Miss Walker, wo wir stecken.« Sein Instinkt sagte Matt, dass es besser war, diese Frau nicht einzuweihen. »Ihr zwei bleibt hier, und wenn sie nachfragt, dann sagt ihr einfach, wir sind auf der Toilette.«

»Okay«, meinte Ben. »Hier, den werdet ihr vielleicht brauchen.« Er reichte Matt seinen Universalschlüssel. »Ich habe heute Morgen eine neue Stickstoffpatrone eingesetzt. Nur für den Fall des Falles – gut, nicht wahr?!«

»Was flüstert ihr denn da schon wieder?« Carl hatte sich neugierig zu ihnen umgedreht.

»Nichts«, meinte Olivier. »Na ja, wir haben uns bloß über Megan Walker unterhalten und dass sie voller Überraschungen steckt und –«

»Sie hätte mich mit diesem Kick nie erwischt«, unterbrach Carl ihn. »Ich wäre ausgewichen, bevor sie mich getroffen hätte.«

Niemand widersprach.

Wenn es Carl glücklicher macht, sich das einzureden, dachte Matt, dann soll er das mal ruhig tun.

Olivier und er stahlen sich zum Ausgang hinüber, während Megan Walker ihnen immer noch den Rücken zukehrte. Aus der Sporthalle gelangten sie in einen Vorraum, von dem aus man das Gebäude verlassen oder zu den Umkleiden gelangen konnte. Außerdem gab es noch eine Treppe nach unten, an der jedoch kein Schild angebracht war.

Matt und Olivier nahmen die Treppe.

Die Stufen führten in einer steilen Spirale abwärts und wurden in regelmäßigen Abständen durch nackte Glühbirnen vor der rauen, ungestrichenen Wand erleuchtet.

»Ziemlich anders als oben, was?«, meinte Olivier.

Je weiter sie nach unten stiegen, umso kälter wurde es. Als sie schließlich am Fuß der Wendeltreppe ankamen, zitterten sie beide vor Kälte. Sie standen vor einer schwarzen Metalltür. Matt drückte die Klinke herunter. Abgeschlossen. »Zum Glück haben wir ja Bens Universalschlüssel dabei!«, sagte er.

Er zog das Gerät aus der Tasche, steckte die Düse ins

Schlüsselloch und drückte auf den Knopf. Zuerst spritzte Wasser heraus, dann machte es *Klick* und zischte kurz, als der flüssige Stickstoff freigesetzt wurde. Einen Augenblick später hatte sich ein harter Schlüssel aus Eis geformt, der exakt ins Schloss passte. Matt drehte ihn um und die Tür schwang mit einem Knarren auf.

Vor ihnen lag ein dunkler Gang. Der Boden bestand aus festgetretener Erde. Von der Decke hingen Spinnweben herab. Das einzige Licht stammte von einem schwachen Schimmer weiter hinten, wo der Gang eine Kurve beschrieb. Das Ganze war ziemlich gespenstisch.

»Nach dir«, meinte Olivier.

»Na, das ist aber nett von dir«, spottete Matt.

Er betrat den Gang. Olivier folgte ihm. Zusammen schlichen sie vorwärts. Als sie die Biegung erreichten, verlangsamten sie ihre Schritte. Das Licht war nun heller, aber sie konnten nicht sehen, was um die Ecke auf sie wartete.

Matt war ziemlich mulmig zumute. Das könnte alles sein, dachte er. Das Hauptquartier einer Verbrecherbande, eine Folterkammer …

In diesem Moment vernahmen sie wieder das Rufen – dasselbe verzweifelte, gedämpfte Rufen, das sie oben in der Halle gehört hatten. Nur dass es jetzt viel näher war.

Matt und Olivier sahen sich an.

»Jetzt gibt es kein Zurück mehr«, flüsterte Matt. »Wo wir schon mal hier sind, müssen wir einfach –«

»Ich weiß.« Olivier nickte ihm zu. »Und los.«

Sie bogen um die Ecke – und ihnen beiden fiel vor Staunen die Kinnlade herunter.

Sie befanden sich in einem großen leeren Raum. Die Decke wölbte sich weit über ihnen, vielleicht an die zwanzig Meter hoch. Rings herum an den Wänden hingen Lampen.

In der Mitte saß jemand an einen Stuhl gefesselt.

Man hatte den Mann außerdem geknebelt. Als er Matt und Olivier erblickte, wand er sich wild hin und her und stieß weitere erstickte Schreie aus.

Sein Gesicht war halb vom Knebel verdeckt und glänzte vor Schweiß. Es fiel den beiden Jungen trotzdem nicht schwer zu erkennen, wen sie da vor sich hatten …

»Mr Wu?«, fragte Matt.

Kapitel fünf

Mit einem Streich

»Unnnh – arrrhhh – urgghmmpfff!«, machte ihr Schulleiter.

»Warten Sie, wir nehmen Ihnen das ab!«, sagte Olivier schnell. Es war Mr Wu bereits gelungen, eine Ecke des Knebels zu lockern. Olivier riss den Rest des Klebebands in einem Ruck ab. Mr Wu schrie vor Schmerz auf.

»Tut mir leid, Sir.«

»Sei bitte vorsichtig. Es gibt keine Entschuldigung –«, setzte Mr Wu in seinem üblichen lauten, wichtigtuerischen Tonfall an. Dann unterbrach er sich jedoch und atmete ein paarmal tief durch. »Ich sollte – ich muss euch danken«, fuhr er danach wesentlich leiser fort. »Ich bin euch zutiefst zu Dank verpflichtet. Dafür, dass ihr mich gerettet habt. Ich

habe mich schon gefragt, wie lange ich wohl hier unten gefangen sein würde.«

»Wie lange sind Sie denn schon hier, Sir?«, fragte Matt.

»Schwer zu sagen.« Mr Wu schüttelte hilflos den Kopf. »Es gibt ja keine Uhren. Ihr könnt das vermutlich besser einschätzen als ich – wie lange werde ich denn an der Schule schon vermisst?«

»Nun, man hat Sie nicht wirklich vermisst«, erklärte Matt vorsichtig. »Also … ich meine, jemand hat Ihren Platz eingenommen. Jemand, der aussieht wie Sie.«

»Ein Schwindler?«, kreischte Mr Wu.

»Äh, nun, ja«, stammelte Matt. Jetzt, wo er den echten Mr Wu direkt vor sich hatte, fragte er sich, wie er sich je vom falschen hatte täuschen lassen können. Der Schwindler sah Mr Wu zwar sehr ähnlich: Er war im gleichen Alter und von ähnlicher Statur. Außerdem hatte er eine ähnliche Nase, den gleichen Mund und die gleichen spitzen Zähne. Aber in ihrem Äußeren waren sie doch auch recht unterschiedlich – Matt konnte jetzt erkennen, dass ihre Augen anders waren und Mr Wus Gesichtsfarbe etwas dunkler war.

Deshalb hat der andere Typ Make-up benutzt, begriff er. Doch wesentlich aufschlussreicher als die Äußerlichkeiten waren die Unterschiede im Charakter. Matt hätte ahnen müssen, dass der echte Mr Wu niemals Leute anschreien, Mrs Tyler demütigen oder vor den Schülern unverschämt zu Chang sein würde – ganz zu schweigen davon, das Geld der Schule zu verspielen. Mr Wu war eitel und aufgeblasen, aber er war ein Gentleman, kein Tyrann oder Ganove.

Olivier war inzwischen damit beschäftigt, Mr Wus Fesseln zu lösen. »Wie ist das passiert, Sir?«, fragte er. »Und wer hat das getan?«

»Ich weiß es nicht«, antwortete Mr Wu. »Ich kam gerade aus der Bank, als mich jemand von hinten packte und in ein Auto schubste. Dort hat man mir eine Tüte über den Kopf gezogen. Gesehen habe ich nichts, aber ich glaube, ich habe eine Frauenstimme gehört.«

»Eine Frauenstimme?« Matt fragte sich sofort, ob ihre neue Motivationstrainerin vielleicht etwas damit zu tun hatte. Es konnte im Grunde kein Zufall sein, dass sie ausgerechnet zu dem Zeitpunkt aufgetaucht war, als Mr Wu ver-

schwand. Und dass man ihn unter dem Sportstudio gefangen hielt, bei dem sie Mitglied war. »Könnte es Megan Walker gewesen sein?«, erkundigte er sich.

»Wer?«, fragte Mr Wu.

»Die neue Motivationstrainerin.«

»Welche Motivationstrainerin?«

»Wir können Ihnen das alles später erklären«, mischte sich Olivier ein. »Jetzt müssen wir Sie hier erst einmal rausholen, zurück in die Schule bringen, die Polizei anrufen und diesen Betrüger verhaften lassen –«

»Nein!«, rief Mr Wu entsetzt. »Ich möchte keinen Skandal. Das würde dem Ruf der Schule schaden!«

»Heißt das, Sie wollen ihn persönlich zur Rede stellen?« Matt war von dieser Idee nicht sonderlich begeistert. »Oder ihn einfach entkommen lassen und –«

»Nein!«, widersprach Mr Wu. »Er muss zur Rechenschaft gezogen werden! Das steht außer Frage.«

»Aber wie soll –«, setzte Olivier an.

»Wir müssen vorsichtig vorgehen«, erklärte Mr Wu. »Beweise sammeln, um ihn anklagen zu können. Natürlich alles ganz diskret.« Er dachte einen Moment lang nach und rieb sich dabei die Wange, wo das Klebeband einen roten Striemen hinterlassen hatte. »Das Problem ist, wenn ich mich in der Schule zeige, wird man mich erkennen und der Betrüger sofort flüchten.«

»Nicht, wenn Sie verkleidet wären!«, gab Matt zu bedenken. »Wir könnten Sie verkleiden. Zum Beispiel als jemanden vom Reinigungspersonal …«

»Als Putzkraft?« Mr Wu klang wenig erfreut.

»Das ist eine super Idee!«, meinte Olivier jedoch sofort. »Matt, wenn du mit Mr Wu zur Schule zurückgehst, kannst du eine Uniform der Reinigungsfirma auftreiben und ihn so hineinschmuggeln.«

»Aber Miss Walker wird fragen, wo ich geblieben bin.«

»Das ist schon in Ordnung«, versicherte ihm Olivier. »Ich werde mir eine Geschichte für sie ausdenken. Warte mal, ich könnte sagen, dass du ein wirklich peinliches Problem hast – eines, wegen dem du ganz schnell alleine zur Schule zurückgekehrt bist, und zwar ohne dass dich jemand gesehen hat …«

»Was denn zum Beispiel?« Matt war sich nicht sicher, ob ihm diese Sache gefiel.

»Was wäre denn eine Krankheit, bei der nie jemand genauer nachfragen würde?«, überlegte Olivier mit unschuldiger Miene. »Ihr wisst schon, etwas, wo alle nur verlegen nicken und nicht weiter nachhaken?«

Mr Wu runzelte verwirrt die Stirn und blickte zwischen Matt und Olivier hin und her.

»Äh ...« Matt spürte, wie er bleich wurde. »Du meinst doch nicht etwa so etwas wie – Durchfall?«

»Genau das meine ich.« Olivier grinste. »Bauchgrummeln. Ich werde sagen, dass es dich echt schlimm erwischt hat und du nicht weißt, ob du es noch bis zum nächsten Klo schaffst –«

»Okay, sei still, das reicht!«, unterbrach ihn Matt. Er schüttelte bekümmert den Kopf. »Sieht aus, als hätte ich keine andere Wahl, was?«

Unglaublich, dachte er im Stillen. Was er für die Tangshan Tiger so alles aushalten musste ... Na, hoffentlich war es die Sache auch wert!

»Hier, bitte schön, Sir«, mit diesen Worten überreichte Matt wenig später seinem Direktor einen dunkelblauen Overall mit dem Logo der Reinigungsfirma. Er hatte sich ein Exemplar aus der Abstellkammer im Erdgeschoss ausgeliehen.

Mr Wu stand in Unterwäsche und Socken hinter einem Busch im Garten der Akademie. »Schnell, gib her!« Er streckte den Arm zwischen den Blättern hindurch und schnappte sich den Overall. Der Busch raschelte und wackelte, während er sich anzog.

»Dieser Overall passt nicht besonders gut«, beschwerte er sich. »Geschnitten wie ein formloser Sack. Außerdem ist der Stoff rau und von schlechter Qualität.«

»Es ist ja nur für eine kurze Zeit«, beschwichtigte ihn Matt.

»Ich werde in Erwägung ziehen, die Reinigungsfirma zu wechseln. Eine Schule mit dem Ansehen der Internationalen Akademie Peking sollte schickere Putzkräfte haben. Ich habe mich um diese Sache zu wenig gekümmert.«

»Die hier setzen Sie auch besser auf.« Matt reichte Mr Wu die zum Overall gehörige Mütze.

Als Mr Wu hinter dem Busch hervorkam, hatte er die Kappe tief ins Gesicht gezogen. »Wie sehe ich aus?«

»Perfekt«, erwiderte Matt, der beim Anblick des sonst so geschniegelten Mr Wu in einem abgewetzten alten Blaumann ein Grinsen unterdrücken musste. »Nun brauchen Sie bloß noch einen Besen!«

»Ich habe nicht vor, zu kehren!«, verkündete Mr Wu bestimmt. »Wo kann ich meinen Anzug deponieren?«

»Hier.« Matt hielt ihm die Plastiktüte hin, in der er den Overall gebracht hatte.

»Aber da zerknittert er doch.«

»Sie können ihn ja anschließend reinigen und bügeln lassen«, tröstete ihn Matt. »Nachdem wir uns um diesen Betrüger gekümmert haben.«

»Ich schätze mal, es gibt keine andere Möglichkeit.« Vorsichtig schob Mr Wu seinen gefalteten, maßgeschneiderten Anzug in die Tüte. »Du vergisst aber nicht, ihn aufzuhängen, ja?«

»Aber natürlich«, versprach Matt. »Ich hänge ihn in meinen Kleiderschrank.«

»Und was jetzt?«, fragte Mr Wu. »Wohin gehe ich in meiner – Verkleidung?« Er zupfte mürrisch am kratzigen Stoff des Overalls herum.

»Ich habe meine Freunde Ben, Olivier und Catarina angerufen«, erklärte Matt. Mr Wu von den Tangshan Tigern zu erzählen, war schließlich unnötig. »Sie werden gleich hier sein und dann finden wir ein Versteck für Sie.«

»Und dann?«

»Dann denken wir uns einen Plan aus.«

Matt hörte ein leises Pfeifen, und als er sich umdrehte, sah er die anderen Tiger, die um die Ecke des Schulgebäudes herbeispaziert kamen.

»Hey, tolle Verkleidung, Sir«, meinte Catarina. »Sie sehen aus wie Super Mario!«

»Wer?«, fragte Mr Wu verdutzt. »Ich hatte wohl noch nicht das Vergnügen, ihn kennenzulernen.«

»Ach, das ist vollkommen egal, Sir«, schaltete sich Matt ungeduldig ein. »Wir müssen dringend etwas finden, wo Sie sich verstecken können. Hat jemand eine Idee?«

»Vielleicht in einem der Abstellräume für das Putzmaterial«, schlug Olivier vor. »Die sind immer verschlossen, also kann keiner hereinplatzen.«

»Ein Abstellraum?« Mr Wu klang nicht gerade glücklich, ließ sich schließlich aber doch überzeugen.

Während er mit den Jungs zu einem der Seitengänge ging, rannte Catarina durch den Haupteingang in die Schule und öffnete dann eine der Seitentüren für sie. Nach kurzem Suchen fanden sie eine Kammer, die sich in einem abgelegenen Winkel befand und zu der Mr Wu glücklicherweise einen Ersatzschlüssel in der Anzugtasche hatte.

»Na bitte!«, meinte Matt.

Mr Wu betrachtete mit kritischem Blick die Regale mit Bodenpolitur, Bleichmitteln in Flaschen und den anderen Putzutensilien.

»Ich wusste ja gar nicht, dass die Putzmittelvorräte so knapp sind«, stellte er fest. »Da muss ich sofort eine Inventur veranlassen!«

»Ja, aber nicht jetzt«, widersprach Matt. »Wir müssen zuerst dieses Problem lösen.«

Mr Wu seufzte. »Vielleicht sollte ich doch einfach gleich

die Polizei anrufen«, sagte er. »Wenn ich nur wüsste, was dieser Betrüger vorhat …«

»Aber das wissen wir schon!« Matt erzählte ihm von dem Turnier und den Wetten des falschen Mr Wu. Er ließ dabei jedoch ein paar unwesentliche Kleinigkeiten aus: wie zum Beispiel, dass sie ins Büro des Schulleiters eingebrochen waren. Zum Glück war Mr Wu zu geschockt, um irgendwelche heiklen Fragen zu stellen.

»Wollt ihr damit sagen, dass das Turnier vorverlegt worden ist?«, hakte der Schulleiter schließlich nach, als Matt ihm das Wichtigste erzählt hatte.

»Ja«, antwortete Ben. »Genauer gesagt findet es schon morgen statt.«

»Dann können wir den Betrüger jetzt nicht auffliegen lassen!«, verkündete Mr Wu bestürzt. »Denn wenn wir das tun, wird die Internationale Schule Singapur auf jeden Fall davon erfahren. Das gäbe einen riesigen Skandal! Und ich sage euch: Den Leuten wird nicht im Gedächtnis bleiben, dass ich *entführt* wurde. Die Öffentlichkeit wird im Kopf behalten, ist, dass es in dieser Schule einen *Wettskandal* gab. Oder vielleicht noch, dass ein x-beliebiger Betrüger hereinspazieren und den Direktor spielen konnte, ohne dass es auch nur einem einzigen Kollegen aufgefallen wäre.«

»Na ja, ich weiß nicht«, wandte Matt vorsichtig ein. »Übertreiben Sie da nicht doch ein wenig?«

»Ja, und außerdem – was ist denn die Alternative?«, wollte Olivier wissen. »Sie wollen doch sicher nicht für immer *hier* bleiben?«

»Nein – nur bis nach dem Turnier. Aber wir können einfach nicht riskieren, dass das bekannt wird. Das hätte verheerende Auswirkungen auf den Ruf der Schule, versteht ihr?« Mr Wu war vor Aufregung ganz außer Atem und seine Wangen glühten rot.

»In Ordnung«, beruhigte ihn Matt. »Wir tun, was wir können. Überlassen Sie das ganz uns. Wenn Sie sich tatsächlich eine Weile hier verstecken wollen, bringen wir Ihnen besser mal etwas zu essen.«

Catarina rannte zum Kiosk der Akademie – ein riesiger, schicker Laden mit Lebensmitteln, Snacks und Leckereien aus aller Herren Länder. Sie kehrte mit einem Sandwich, etwas Obst und einer Flasche Wasser zurück.

»Vielen Dank«, sagte Mr Wu. »Und kann ich mich auf euch verlassen – dass ihr Stillschweigen über die Sache bewahrt und außerdem die Pläne des Betrügers durchkreuzt?«

»Aber natürlich«, erwiderte Matt. »Wir werden unser Bestes geben, Sir.«

Mr Wu nickte. Ein Hauch seiner üblichen Selbstzufriedenheit war zurückgekehrt. »Wie ich sehe, habe ich euch gut geschult. Anpassungsfähigkeit und schnelle Kombinationsgabe. Ihr macht der Akademie alle Ehre! Aber jetzt macht, dass ihr hier rauskommt!« Mr Wu setzte sich auf einen kleinen dreibeinigen Hocker und scheuchte sie mit einer Handbewegung nach draußen.

Matt und die anderen Tiger warfen sich beim Gehen einen heimlichen Blick zu und verdrehten die Augen.

»Das ist definitiv der echte Mr Wu«, flüsterte Matt draußen im Flur. »Niemand sonst heimst so viele Lorbeeren ein für das, was andere leisten.«

Bevor er die Tür zur Abstellkammer schloss, warf Matt über die Schulter hinweg einen letzten Blick auf seinen Schulleiter. Der saß in seinem ausgebeulten Overall zwischen lauter Regalen mit Putzmitteln. Es war gar nicht so einfach, bei dem Anblick nicht zu lächeln. Matt gelang es jedoch, eine ernste Miene zu bewahren.

»Und vergiss nicht, meinen Anzug aufhängen!«, rief Mr Wu ihm nach.

»Also, Leute – da hat Mr Wu uns ja mit einem ganz schön vertrackten Problemchen betraut, was?«

Catarina saß auf dem Bett und hatte das Kinn in die Hände gestützt. Alle vier hatten sich nach dem Abendessen in Ben und Oliviers Zimmer getroffen. »Sieht so aus, als müssten wir entweder versuchen, im Turnier zu siegen – dann gewinnt der Falsche Wu ein Vermögen und macht sich womöglich aus dem Staub, wenn wir nicht aufpassen! Oder aber wir versauen den Wettkampf, verlieren gnadenlos und lassen damit die Mannschaft im Stich.«

»Und unseren Sifu«, fügte Matt hinzu.

Catarina runzelte die Stirn. Matt konnte sehen, dass ihr keine der beiden Varianten gefiel. Und den anderen Tangshan Tigern genauso wenig.

»Oder wir gehen einfach zur Polizei?« Olivier streckte die Beine aus und verschränkte die Hände hinterm Kopf. »Ich verstehe nicht, weshalb Mr Wu damit so ein Problem hat.«

»Es geht darum, das Gesicht zu wahren«, erklärte Ben. »Er will nun einmal nicht, dass er oder seine Schule mit so einem Wettskandal in Verbindung gebracht werden. Und ein bisschen peinlich ist das ja schon – anscheinend hat niemand gemerkt, dass ein Betrüger in der Zwischenzeit die Schule geleitet hat. Außer Chang vielleicht. Möglicherweise würde das alles zusammen dem Ruf der Akademie tatsächlich schaden. Glaub mir, solche Dinge werden hier sehr ernst genommen.«

»Also müssen wir ihm helfen, die Sache geheim zu halten«, meinte Matt nachdenklich. So langsam empfand er doch auch Mitgefühl für den Schulleiter. Bisher war ihm Mr Wu immer eher als Witzfigur erschienen. Doch in sei-

nem Bemühen, in dieser Geschichte das Gesicht zu wahren, lag auch etwas Würdevolles.

»Das bedeutet, wir können diesen Betrüger erst anklagen, wenn wir sicher sind, dass das nicht an die Öffentlichkeit kommt. Also erst, wenn die Mannschaft aus Singapur wieder abgereist ist«, stellte Catarina unzufrieden fest. »Womit wir wieder bei den ersten beiden Möglichkeiten wären: Schmeißen wir das Turnier hin oder nicht?« Sie warf sich aufs Bett.

»Wir können das Turnier nicht hinschmeißen!«, widersprach Matt. Er beugte sich nach vorne. »Das würde gegen alles gehen, was Chang Sifu uns je beigebracht hat. Ihr müsst euch anstrengen und euer Bestes geben. Es wäre völliger Unfug, wenn wir absichtlich verlieren.«

»Also versuchen wir zu gewinnen und riskieren damit, dass der Falsche Wu mit mehreren Millionen Dollar entkommt?«, wollte Ben wissen. »Ich wette, der bleibt nach dem letzten Kampf nicht mehr lange da!«

Matt schüttelte den Kopf. »Nein, das sollten wir auch nicht tun.«

»Leider bleibt uns aber sonst keine Möglichkeit«, sagte Olivier trocken.

»Da bin ich mir nicht so sicher«, widersprach Matt erneut. »Denkt doch mal an das, was Chang uns beigebracht hat. Niemals aufgeben. Es gibt immer noch einen anderen Weg, sagt er. Sei flexibel, sei anpassungsfähig. Wenn ein Gegner einen Angriff abblockt, probier einen anderen. Erinnert ihr euch?«

»Ja, schon – aber das ist mir im Moment alles zu theoretisch. Wie soll das denn in diesem Fall funktionieren?«, wollte Olivier ungeduldig wissen. »Ich meine, die Sache ist doch ganz einfach: Entweder, wir versuchen zu gewinnen oder nicht – eine andere Wahl haben wir nun mal nicht!«

»Was, wenn es sich nicht um eine Entweder-oder-Situation handeln würde?«, gab Matt zu bedenken und sah seine Freunde fragend an. »Was, wenn wir versuchen, den Wettkampf zu gewinnen UND den Betrüger außerdem davon abhalten, seine Wetten zu gewinnen?«

»Ja, das wäre natürlich die Traumlösung«, gab Olivier zu. »Aber wie soll das gehen?«

»Ich denke da an Folgendes.« Matt blickte in drei erwartungsvolle Gesichter. »Ben – meinst du, du könntest die Wettkonten des Falschen Wus hacken?«

»Aber klar doch.« Ben zog sein BlackBerry aus der Tasche. Innerhalb weniger Minuten hatte er sämtliche Wettkonten vom Silbernen Schatten aufgerufen. Er hielt den anderen das BlackBerry hin, damit sie es sehen konnten.

»Super!«, freute sich Matt. »Und könntest du jetzt alle seine Wetten löschen?«

Ben schüttelte betrübt den Kopf. »Nicht, wenn er sich nicht selbst in diese Seiten einloggt. Bevor er nicht seine elektronische Einwilligung gibt, dass Wetten hinzugefügt werden können, kann man diese Seiten nur lesen, aber nicht verändern.«

»Aber wenn er neue Wetten abschließt?«

»Wenn ich gleichzeitig auch online bin, dann ja. Vielleicht könnte ich dann einen Weg finden, seine Einträge zu überschreiben.«

»Aber er wird bestimmt noch weitere Wetten abschließen, oder?«, gab Olivier zu bedenken.

»Ich schätze mal schon.« Ben setzte sich aufrecht hin. »Am Tag selber wird er neue Wetten abschließen – die Gewinnchancen verändern sich ja nach jeder Runde, müsst ihr wissen. Und da wird er sicher noch mehr Geld setzen. Ich wette, er bringt sein Laptop mit zum Wettkampf!«

»Aber würde das nicht komisch wirken, wenn er seinem Laptop mehr Aufmerksamkeit schenkt als den Ereignissen auf der Matte?«, wollte Catarina wissen.

»Das juckt ihn doch nicht«, erwiderte Ben. »Schließlich verduftet er sowieso direkt nach dem Turnier.«

»Okay. Irgendwie müssen wir also alles löschen, was er macht, und gleichzeitig gegen Singapur kämpfen«, stellte Matt fest. »Das wird ganz schön knifflig, aber Chang hat uns ja immer darin geschult, uns durch nichts ablenken zu lassen. Dies ist unsere Chance, das sozusagen mal in einer Extremsituation auszuprobieren!«

»Es wird aber irgendjemandem auffallen, wenn wir alle die ganze Zeit über einem Laptop hängen«, warf Olivier ein. »Der Rektor kann sich das vielleicht noch erlauben, aber wir nicht.«

»Keine Sorge«, beruhigte ihn Ben. »Der BlackBerry reicht vollkommen aus. Der ist so klein, dass man ihn leicht verstecken kann, aber ich habe die nötige Software drauf, um den Falschen Wu im Internet zu jagen. Ich werde ihn einfach die ganze Zeit verfolgen und seine Wetten löschen, direkt nachdem er sie gesetzt hat!«

»Weißt du was, Ben – manchmal mache ich mir ernsthaft Sorgen um dich: Wenn du es darauf anlegen würdest, könntest du der cleverste Ganove der Welt sein!«, meinte Catarina lachend und schlug ihm auf die Schulter.

»Nein danke«, wehrte Ben grinsend ab. »Ich fange diese Typen lieber, als selbst einer zu sein!«

»Dann ist das also unser Plan?« Matt stand auf. »Einverstanden?«

»Einverstanden!«, riefen seine Freunde. Sie klatschten sich mit den Händen ab.

Matt und Catarina kehrten in ihre jeweiligen Zimmer zurück. Sie brauchten ihren Schlaf. Immerhin warteten am nächsten Tag eine Menge Herausforderungen auf sie – Herausforderungen, von denen möglicherweise die weitere

Existenz der Schule abhing – und da war es entscheidend, dass sie konzentriert und ausreichend ausgeruht waren.

Als er den Kopf aufs Kissen legte, dachte Matt an Mr Wu in der Abstellkammer. Er hoffte, dass ihr Rektor auch halbwegs gut schlafen würde. Denn wenn nicht, dann würde Mr Wu das den Tangshan Tigern bis in alle Ewigkeit vorhalten.

Kapitel sechs

Auszeit

»Wie geht es Ihnen, Sir?«, erkundigte sich Matt.

Zusammen mit den anderen Tangshan Tigern war er morgens gleich zur Abstellkammer gelaufen, um nach Mr Wu zu sehen und ihm etwas zum Frühstück zu bringen. Wie immer an einem Wettkampftag summte die Akademie vor Aufregung wie ein Bienenschwarm. Das Team aus Singapur war bereits in seinem glänzenden Teambus angekommen und das Turnier sollte um zwölf Uhr beginnen.

»Ich habe mich beschäftigt«, verkündete Mr Wu.

Das war in der Tat nicht untertrieben. Matt sah, dass ihr Schulleiter auf den Regalen alle Putzmittel in sauberen Reihen angeordnet hatte. An der Wand hing außerdem eine Liste, auf der er in seiner winzigen, sauberen Handschrift alle Produkte notiert hatte, die bald ausgehen würden und deshalb nachbestellt werden mussten.

»Das sieht hübsch aus«, meinte Catarina freundlich.

»Ja, es ist wirklich eine Verbesserung, nicht wahr?« Mr Wu klang außerordentlich stolz. Dann wurde seine Miene jedoch ernst. »Aber nun zu dringenderen Angelegenheiten. Der Betrüger – ist er immer noch hier? Hat er keinen Verdacht geschöpft?«

»Ja, er ist da«, antwortete Ben. Der Falsche Wu hatte das Team aus Singapur bei ihrer Ankunft begrüßt und schien sich in einem Zustand höchster Aufregung zu befinden.

»Ich dachte, er würde vielleicht das Weite suchen, wenn er von meiner Flucht erfährt. Doch es ist gut, dass das nicht der Fall ist«, sagte Mr Wu.

»Da so viel Geld auf dem Spiel steht, muss er beschlossen haben, es auszusitzen«, vermutete Matt. »Er hofft vermutlich, dass Sie um jeden Preis einen Skandal verhindern wollen und ihn deshalb nicht vor den Gästen bloßstellen werden. Natürlich wird er die erstbeste Gelegenheit nutzen, um sich danach aus dem Staub zu machen.«

Was ihm auch durchaus gelingen könnte, wenn da die Tangshan Tiger nicht wären, fügte er in Gedanken hinzu.

»Aber er wird nicht entkommen!«, erklärte Mr Wu und sah die Tiger mit blitzenden Augen an. »Ich werde ihn stellen – seinen Plan vereiteln – den bösartigen Betrüger zerstören!«

»Ja, aber vergessen Sie nicht, dass Sie erst einmal hierbleiben müssen … zumindest so lange, bis wir Ihnen nach dem Turnier Bescheid sagen, dass die Luft rein ist«, warnte ihn Olivier. »Denn wenn jemand Sie beide zusammen sieht, wird man sofort wissen –«

»Natürlich, natürlich, das brauchst du mir nicht zu sagen!« Mr Wu klang fast ein wenig beleidigt. »Lasst mich bitte wissen, wenn ich herauskommen kann.«

»Aber selbstverständlich, Sir«, versicherte Ben ihm.

»Es ist – sehr löblich von euch, dass ihr euch so für mich einsetzt.« Diese Worte auszusprechen, schien Mr Wu Mühe zu bereiten – so als sei er es nicht gewöhnt, Menschen zu danken.

Und trotzdem hat er es getan, dachte Matt.

»Das ist fast, als würde ein Team spezieller Verbrecherjäger für mich arbeiten«, meinte Mr Wu plötzlich und der Hauch eines Lächelns stahl sich auf sein Gesicht. »Was für eine seltsame Vorstellung!«

»Geradezu verrückt!«, bestätigte Catarina.

Die Tangshan Tiger lachten und sahen sich an.

Wenn Mr Wu wüsste …

Die Stimmung in den Umkleiden war angespannt. Das Pekinger Team – Matt, Catarina, Olivier, Ben, Carl, Max, Paolo, Andrei, Jahmal, Abdul und Lola, die Chang für dieses Turnier zur Mannschaftskapitänin ernannt hatte – hockte auf den Bänken aus poliertem Holz. Sie hatten ihre Kampfsportanzüge bereits an. Chang Sifu war bei ihnen. Seine Anwesenheit allein machte Matt bereits ruhiger und er war zuversichtlicher. Chang nickte Lola kurz zu, als wolle er ihr ein Zeichen geben, dass sie sich an das Team wenden sollte.

»Nun, Leute, wir haben uns auf dieses Turnier nicht sonderlich gründlich vorbereiten können«, sagte Lola. »Aber unsere Gegner auch nicht. Und wir haben den Heimvorteil. Sie sind ein starkes Team, aber ich glaube, dass wir das schaffen!«

Da gab es jedoch etwas, das Lola nicht wusste, dachte Matt bei sich. Nämlich, dass die Tangshan Tiger gleichzeitig versuchen mussten, einen für die anderen unsichtbaren virtuellen Kampf gegen den Falschen Wu zu gewinnen. Was die Dinge nicht gerade einfacher machte.

»Und wenn wir nicht gewinnen, ist es sicher nicht unsere Schuld«, warf Carl bockig ein. »Wenn ich heute verliere, sollte das gar nicht zählen!«

»Wird es aber leider«, widersprach Lola. »Also versuch besser, nicht zu verlieren.«

»Na toll«, brummte Carl verärgert. »Wir sind vor gerade mal drei Tagen aus England zurückgekommen, ich habe immer noch Jetlag, musste einen ganzen Tag Prüfungen schreiben und dazu noch all das Extratraining mit der Motivationsverrückten –«

»Wo ist Megan Walker überhaupt?«, wunderte sich Matt plötzlich.

»Sie ist heute nicht hier«, erwiderte Chang. »Ist gar nicht erst gekommen.«

»Ah.« Matt und die Tiger wechselten einen Blick. Natürlich ergab es einen Sinn, dass Megan Walker nicht aufgetaucht war. Vermutlich steckte sie wirklich in der Sache mit drin und hatte daher längst gemerkt, dass Mr Wu verschwunden war. Es wäre also kein Wunder, wenn sie ohne lange zu zögern das Weite gesucht hätte. Möglicherweise hatte sie dem Falschen Wu nicht einmal etwas davon erzählt. Matt hoffte, dass es so war – denn dann wusste der noch gar nichts von der Flucht des echten Mr Wu.

Es blieb jedoch keine Zeit mehr, weiter darüber nachzudenken. Der elektronische Klang der Guzheng erfüllte das Kwoon.

»Das Turnier beginnt in fünf Minuten!«, dröhnte die Stimme des Falschen Wu aus dem Lautsprecher. »Bitte nehmen Sie Ihre Plätze ein.«

»Ich habe hier die Team-Aufstellung«, verkündete Lola. »Matt, du bist als Erster dran …«

Matt war inzwischen fast ein alter Hase, wenn es um Wettkämpfe ging. Trotzdem war er immer noch so aufgeregt wie beim allerersten Mal.

Die Halle war voller Zuschauer, die in Beifall ausbrachen, als das Pekinger Team hereinkam. Es handelte sich natürlich fast nur um Schüler der Akademie, die sich freuten, statt im Unterricht zu sitzen ganz unerwartet ein Kampfsportturnier anschauen zu dürfen. Johnny, der sich inzwischen von seiner Grippe erholt hatte, saß in der ersten Reihe und wünschte Matt mit ausgestrecktem Daumen viel Glück.

An einer Seite der quadratischen Matte befand sich der Richtertisch, hinter dem drei ernst dreinblickende Schiedsrichter saßen.

Dem Pekinger Team gegenüber stand die Mannschaft aus Singapur. Sie trugen allesamt ziemlich coole, glänzende rote Anzüge. Rein vom Körperbau her wirkten sie fit und sportlich, aber ihre Gesichter waren müde. Genau wie die Schüler aus Peking hatten sie nur drei Tage zur Vorbereitung gehabt. Sie hatten dazu aber noch einen fünfstündigen Flug hinter sich. Schlecht gelaunt musterten sie das heimische Team.

Kein Wunder, dachte Matt. Wenn ich an deren Stelle wäre, hätte ich auch reichlich miese Laune.

Auch deren Coach schien ebenfalls nicht gerade bester Stimmung zu sein. Es handelte sich um einen Europäer mittleren Alters mit breiten Schultern und einem kleinen dunklen Kinnbart. Als Master Chang zu ihm hinüberging, um ihn zu begrüßen, verneigte er sich leicht, jedoch ohne Changs ausgestreckte Hand zu schütteln.

Er glaubt wahrscheinlich, es war Changs Entscheidung, das Turnier vorzuverlegen, vermutete Matt.

Chang schien das aber nicht persönlich zu nehmen. Er nickte nur sanft und entfernte sich wieder.

Der Falsche Wu hingegen hatte inzwischen ganz offensichtlich einen Zustand höchster Aufregung erreicht. Er konnte kaum stillhalten. Nervös lief er in der Halle herum. Dann tauchte er plötzlich hinter der Pekinger Mannschaft auf, die Hände zu Fäusten geballt und krächzte: »Kommt schon! Ihr schafft das!«

Seine Wangen waren stark gerötet, seine Augen traten aus den Höhlen und sein ganzes Verhalten war dem des echten Mr Wu so unähnlich, dass ihn die Schüler erstaunt anstarrten.

Der Falsche Wu war jedoch schon auf dem Weg zum Richtertisch, wo er sich das Mikrofon schnappte.

»Ich möchte Sie alle zu dieser vielversprechenden Veranstaltung willkommen heißen. Es wird ein TOLLER Wettkampf werden. Ein Hoch auf die Internationale Schule Singapur, dass sie ihr bisheriges Jahresergebnis, ungeschlagen zu sein, aufs Spiel setzt – ich kann Ihnen versichern, dass es sich hierbei heute um ein großes RISIKO handelt.« Bei diesen Worten lächelte er den Trainer aus Singapur auf eine unangenehme Art und Weise an. »Denn mein Team …«, fuhr nun selbstbewusst fort, »… ist erstklassig in Form und voll motiviert, auf absolutem Spitzenleistungsstand!« Er drehte sich um und fuchtelte in Richtung der Heimmannschaft mit der Faust herum. »Wer ist gut, besser, am besten? Was rufen wir an dieser Stelle? Die Antwort ist die IAP! Internationale Akademie Peking!«

Ein militärischer Tusch erklang aus den Lautsprechern. Matt erkannte darin den Soundtrack von Megan Walkers Motivations-DVD wieder. Die Musik war so laut, dass die Hälfte der Zuschauer sich die Ohren zuhielt. Der Falsche Wu fuchtelte weiter im Takt zur Musik mit dem Arm herum und bedeutete seinen Schülern, das Gleiche zu tun.

Niemand reagierte.

Matt wurde ganz warm, so peinlich war ihm das Ganze. Er spürte, wie sich Catarina voller Unbehagen neben ihm wand. Der Trainer aus Singapur verzog keine Miene.

Er muss glauben, er ist in einem Irrenhaus gelandet, dachte Matt. Dann sah er zu Chang Sifu hinüber. Chang stand mit locker herunterhängenden Armen da und beobachtete aufmerksam den Betrüger.

Irgendetwas im Blick seines Trainers ließ Matt stutzig werden. Weiß er etwas? Und wenn er etwas weiß, warum sagt er dann nichts?

Zum Glück hörte in diesem Moment die Musik auf.

»Dann will ich keine weiteren Worte verlieren – fangen wir an!«, verkündete der Falsche Wu.

Er nahm hinter den Richtern Platz und packte sein Laptop aus. Matt beobachtete, wie er es auf den Knien balancierte. Dann zuckte Matt erschrocken zusammen, weil plötzlich sein Name aufgerufen wurde.

»Matt James gegen Gianni Barenza!«

»Los, Matt!«, rief Lola. »Zeig ihnen, was du kannst!«

Matt begab sich in die Mitte der Matte, doch in Gedanken war er nicht bei der Sache. Sein Gegner war klein, gedrungen und muskulös. Ein tiefer Schwerpunkt. Er wirkte wie ein typischer Judo- oder Jiu-Jitsu-Kämpfer.

Die beiden standen sich gegenüber.

»Es gewinnt, wer als Erster drei Punkte erreicht oder wer nach drei Minuten in Führung liegt«, erklärte der Schiedsrichter.

In der Halle wurde es still.

Die Kämpfer verbeugten sich.

Konzentrier dich, befahl Matt sich selbst. Wie Chang es uns immer beigebracht hat. Ignoriere alles, was dich ablenken könnte …

In diesem Augenblick ertönte ein leises Summen, als der

Falsche Wu sein Laptop einschaltete. Matt konnte nicht anders, als sich nach ihm umzudrehen und –

Zack!

Gianni Barenza krachte mit der Wucht eines Panzers im vierten Gang in Matts Bauch.

Matt wurde nach hinten geschleudert. Dabei gelang es ihm gerade noch, sich mit den Füßen abzustützen, um nicht umzukippen, doch er wurde immer weiter zurückgeschoben. Deshalb konnte er sich auch nicht befreien, um genügend Platz für die Kicks und Schläge zu schaffen, die normalerweise seine Stärke waren.

Barenza versuchte, seinen Fuß hinter Matts Bein einzuhaken und ihn so zu Fall zu bringen. Matt kannte einige der Techniken, die Nahkämpfer gerne verwendeten. Chang hatte sie schließlich immer darin trainiert, möglichst vielseitig zu sein und sowohl aufrechte Stile als auch Wurfstile zu verwenden. So verteidigte er sich, so gut er konnte. Dies war jedoch nicht seine bevorzugte Kampftechnik. Er war lediglich in der Lage, den Moment herauszuzögern, bis Barenza ihn auf die Matte warf.

Ein Punkt an Barenza!

Doch noch bevor Matt auf der Matte aufschlug, rollte er sich ein. Wenn es seinem Gegner gelingen sollte, ihn dort festzuhalten, würde ihm das zwei weitere Punkte einbringen und Matt hätte seinen Kampf verloren.

Barenza landete auf ihm drauf, doch Matts Abrollbewegung brachte ihn aus dem Gleichgewicht. Er versuchte, Matts Arm zu packen, aber dieser wich aus und schnappte sich stattdessen den von Barenza, an dem er sich wie an einem Hebel hochdrückte.

»Auf geht's, Matt!«, rief Lola ihm zu. »Konzentrier dich!«

Auch Barenzas Team feuerte nun seinen Mann an, doch Matt blendete sie einfach aus. Er durfte sich nicht ablenken lassen. Er musste den Lärm und auch den Falschen Wu an seinem Laptop ignorieren. Um den Betrüger kümmerte sich Ben. Matt musste jetzt seinen Teil hier auf der Matte leisten.

Plötzlich war er viel klarer im Kopf. Und er fühlte sich leichtfüßiger. Er würde hier mit seinen Mitteln kämpfen –

er war bereit, Barenza mit jedem Taekwondo-Griff zu schlagen, den er auf Lager hatte.

Barenza hatte sich inzwischen wieder aufgerappelt und griff ihn erneut an.

Matt brachte sich in Stellung, als wolle einen halbkreisförmigen Kick vollführen, doch das war gar nicht sein eigentlicher Gegenangriff, sondern lediglich eine Finte. Prompt hob Barenza die Hände, um sich zu verteidigen. Blitzschnell drehte Matt sich zur Seite, von Barenza weg, und zog das Knie an den Körper. Sein Gegner war offensichtlich völlig verwirrt: Er hatte die Hände immer noch erhoben, aber der versprochene Kick kam nicht und Matt schien sich zurückzuziehen. Doch dann schlug Matt nach hinten aus, und zwar ziemlich hart – ein bohrender Seitwärtstritt, der Barenza am Brustkorb erwischte.

Eins zu eins.

Anfeuerungsrufe der Pekinger Fans!

Die Kämpfer standen auf. Beide atmeten schwer.

Bevor Barenza einen weiteren schnellen Angriff starten konnte, stürzte Matt sich mit ausgestreckten Händen auf ihn. Damit verringerte er den Abstand zwischen ihnen so sehr, dass nicht genug Platz für einen Kick blieb. Die offensichtliche Bedrohung kam von seinen Fäusten.

Und wieder hob Barenza die Hände, um Schläge abzublocken. Auch er kam auf Matt zu, um ihn nach der Abwehr sofort zu packen.

Matt machte einen Satz nach hinten, drehte sich mitten in der Luft und vollführte einen Rückwärtskick, in den er seine ganze Kraft legte.

Das Ergebnis war spektakulär. Er traf seinen Gegner perfekt und warf ihn glattweg um.

Laut der Wettkampfregeln gab es für einen Kick oder Schlag, der sein Zielgebiet direkt erreichte, einen Punkt. Wenn dieser den Gegner jedoch umwarf, zählte das zwei Punkte.

»James gewinnt mit drei Punkten zu einem«, verkündete der Richter. »Gesamtstand: Peking eins, Singapur null.«

Als Matt zu seinem Team auf die Bank zurückkehrte, wurde er von begeistert klatschenden Mannschaftskameraden empfangen. Es blieb ihm jedoch keine Zeit, seinen

Triumph auszukosten. Er musste sofort wissen, wie es in Bens Cyber-Kampf gegen den Falschen Wu stand.

Ben hielt sein BlackBerry in der Hand, Catarina und Olivier saßen direkt neben ihm. Als Matt sich ihnen näherte, grinsten sie ihn alle drei an und Ben signalisierte ihm mit ausgestrecktem Daumen, dass auch er erfolgreich gewesen war.

»Funktioniert es?«, flüsterte Matt.

»Hab ihn auf der ersten Website erwischt«, antwortete Ben. »Alles glatt gelöscht.«

»Seht ihn euch an«, meinte Olivier. »Er kann es nicht fassen –«

»Und es gefällt ihm ganz und gar nicht!«, fügte Catarina hinzu.

Matt blickte hinüber zum Falschen Wu. Der starrte verwirrt und wütend auf sein Laptop, als hätte es ihn gerade gebissen.

»Bestimmt versucht er es gleich auf einer anderen Seite.« Ben grinste. »Und da schnapp ich ihn auch!«

»Nächste Runde, Ben Hung gegen Junior Mackenzie.«

Catarina zeigte auf Bens BlackBerry. »Was machen wir damit, während du weg bist?«

»Das ist ein bisschen kompliziert –«

»Können wir denn gar nichts tun?«, erkundigte sich Matt aufgeregt.

Da beugte sich auch schon Lola zu ihnen hinüber: »Ben, du solltest jetzt wirklich los«, drängte sie.

Bens Gegner wartete bereits auf der Matte.

»Ich muss«, sagte Ben. »Aber keine Sorge, ich komm zurück, so schnell ich kann.«

Dann wandte er sich Mackenzie zu, einem hoch aufgeschossenen, schlaksigen Jungen.

Mackenzie legte sofort los. Er war ein *Karateka* und landete gleich mit seinem ersten Angriff einen Punkt, indem er Ben mit einem Sidekick am Oberschenkel traf.

Matt war beunruhigt. Der Kerl war zwar schnell, aber das war Ben normalerweise auch – er hätte nicht zulassen sollen, dass der ihn so locker erwischte.

Die Kämpfer umrundeten einander aufmerksam. Ben machte jedoch keine Anstalten, seinen Gegner anzugreifen. Dann legte Mackenzie erneut zu – mit einer Kombination aus Handkantenschlägen, die Ben abblockte. In diesem Moment tat sich kurz eine Lücke in Mackenzies Abwehr auf und Ben hatte ganz klar die Möglichkeit, einen Wurf oder Haltegriff zu versuchen.

»Los, Ben!«, feuerte Matt ihn an.

Doch Ben ließ sich die Gelegenheit entgehen. Stattdessen wich er zurück, woraufhin Mackenzie prompt wieder angriff.

Plötzlich begriff Matt, was Ben tat. *Ich komm zurück, so schnell ich kann*, hatte er gesagt. Er vergeigte absichtlich seine Runde, damit er schnellstmöglich zum Cyber-Kampf an seinem BlackBerry zurückkehren konnte!

Matt blickte zum Falschen Wu hinüber. Er tippte zufrieden in sein Laptop. Seine Verwirrung war verflogen und er sah sich noch nicht einmal den Kampf an.

Ein Rufen ertönte. Matt richtete seine Aufmerksamkeit wieder auf die Matte. Ben rieb sich die Seite – Mackenzie hatte ihn wohl wieder erwischt. Wenn dieser noch einen Punkt machte, dann wäre die Runde damit zu Ende.

»Er legt es absichtlich darauf an zu verlieren!«, flüsterte Matt Catarina und Olivier zu. »Was machen wir jetzt?«

»Wir könnten eine Auszeit beantragen«, murmelte Olivier. »Das ist möglich, so steht es ganz klar in den Regeln.«

Matt zupfte Lola am Ärmel. »Können wir eine Auszeit beantragen?«

»Bloß weil dein Kumpel am Verlieren ist!«, höhnte Carl. »Ich kann mich nicht erinnern, dass jemand eine Auszeit wollte, als ich das letzte Mal in der Klemme gesteckt habe!«

»Das hier ist was anderes!«, erklärte Matt.

»Ja, klar.«

»Sifu?«, wandte Lola sich an ihren Trainer. »Kann ich eine Auszeit beantragen?«

Chang nickte kurz.

Lola sprang auf und rief mit einer für ihre geringe Körpergröße überraschend lauten Stimme: »Auszeit!«

Sofort wurde es still in der Halle. Ben blickte sich verwundert nach seiner Mannschaft um. Mackenzie, der gerade seinen dritten und vermutlich letzten Angriff starten wollte, sah hilflos zu seinem Trainer hinüber, der nur verärgert mit den Schultern zuckte.

Er muss uns für echt schlechte Sportler halten, dachte Matt. Aber es ging nun mal nicht anders.

Sogar der Falsche Wu hörte auf zu tippen und blickte erstaunt auf.

»Neunzig Sekunden Auszeit!«, verkündete der oberste Schiedsrichter.

Mehr Zeit blieb Matt nicht, Ben umzustimmen.

Kapitel sieben

Showdown

»Darf ich mit ihm reden?«, bat Matt seine Mannschaftskapitänin.

»Klar«, antwortete Lola.

Matt rannte zu Ben hinüber. »Es gibt keinen Grund, absichtlich zu verlieren«, raunte er ihm zu.

»Aber er setzt pausenlos Wetten – wenn ich ihn nicht aufhalte, wird er total abräumen!«

»Trotzdem … dafür den Kampf hinzuschmeißen – das ist es nicht wert!« Und eindringlich setzte Matt hinzu: »Komm schon, Ben, ich weiß, du kannst diese Runde gewinnen *und* den Falschen Wu aufhalten.«

»Aber das dauert zu lang –«

»Probier's einfach, Ben! Versuch zu gewinnen, und selbst

wenn du trotzdem verlieren solltest, weißt du, dass du dein Bestes gegeben hast.«

Der Gong ertönte. »Auszeit-Ende!«, rief der Schiedsrichter.

Matt kehrte zu seinem Team zurück. »Was hast du ihm gesagt?«, fragte Lola.

»Ich hab ihm gesagt, dass er gewinnen soll«, antwortete Matt schlicht.

Chang nickte anerkennend und Matt spürte, wie ihm vor Stolz ganz warm wurde.

Drüben auf der Matte hatte Bens Gegner einen schnellen Angriff gestartet, mit dem er wohl die Runde rasch für sich entscheiden wollte. Schließlich stand er schon so kurz vor dem Sieg. Er war jedoch zu ungestüm: Ben packte Mackenzie geschickt am Arm, drehte sich gegen seinen Körper und beförderte ihn mit einem blitzschnellen Judowurf auf die Matte. Sofort warf er sich auf Mackenzie und bekam ihn in einem Haltegriff am Hals zu packen, den die Schiedsrichter nach fünf Sekunden abbrachen.

Zwei beide!

Mackenzie ließ nun nicht locker, versuchte einige Kicks aus der Ferne, da er Ben auf Abstand halten wollte.

Den ersten paar Attacken konnte Ben erfolgreich ausweichen. Dann setzte sein Gegner zu einem fliegenden Kick an, der Ben komplett umgenietet hätte, wenn er davon getroffen worden wäre. Ben trat jedoch leichtfüßig einen Schritt zurück, packte Mackenzies Fuß und warf den Jungen rückwärts auf die Matte.

Die Pekinger Fans brüllten vor Begeisterung.

Doch gleichzeitig erkannte Matt, dass sie in ihrem Cyber-Kampf zurückgefallen waren: Der Falsche Wu sah richtig glücklich aus, also musste er eine dicke Wette am Laufen haben. Und da die Internationale Akademie Peking 2:0 führte, standen die Chancen nicht schlecht, dass er diese Wette auch gewinnen würde.

Ben sprintete förmlich zu seinem Platz zurück. Catarina reichte ihm heimlich sein BlackBerry und Ben machte sich sofort ans Werk.

»Ich habe vorhin seine Wetten auf der ersten Webseite gelöscht«, murmelte Ben. »Aber jetzt ist er auf einer anderen Seite. Ich muss ihn schnell finden, solange die Seite noch aktiv ist – Matt, kannst du dich an die Websites erinnern, die wir in seinem Büro aufgerufen haben?«

»Klar.« Wieder einmal leistete sein fotografisches Gedächtnis Matt vorzügliche Dienste, und ohne lang zu überlegen, ratterte er los: »Das-Wettbüro … Gewinn-Wetten … Die Verrückte Spielhölle … Alles-oder-Nichts.«

»Okay, das reicht fürs Erste«, unterbrach Ben ihn. »Mal sehen –« Er klickte sich von Seite zu Seite und schnalzte dann mit der Zunge. »Hab ihn! In der Verrückten Spielhölle! Seht nur, was er tut – die Wette, die ich vorhin gelöscht habe, hat er dort wieder gesetzt!«

Matt blickte auf den winzigen Bildschirm in Bens Hand. Die Zahlen leuchteten ihm aus einem Dialogfenster entgegen: ABGESCHLOSSENE WETTE – 5 000 000 YUAN DARAUF, DASS IAP 4 : 6 GEWINNT.

»Fünf Millionen Yuan!« Matt schnappte nach Luft.

»Nicht mehr lange!«, meinte Ben grinsend. Seine Finger klapperten über die kleinen Tasten und die Zahl im Fenster verwandelte sich in 0 000 000 YUAN.

»Weiter so!«, freute sich Olivier.

Alle vier blickten sie zu dem Betrüger hinüber. Sein Mund stand offen und er hatte verärgert die Augen aufgerissen. Matt sah, dass er schwitzte. Das Make-up auf seinem Gesicht löste sich auf und verfärbte die Innenseite seines Kragens.

»Er hat keine Ahnung, was hier vor sich geht!« Catarina kicherte.

»Was macht ihr denn da mit dem BlackBerry?«, tönte Carls laute Stimme zu ihnen hinüber. »Spielt ihr? Könnt ihr nicht stattdessen eure Mannschaft unterstützen?!«

»Er hat recht«, mischte sich nun auch Lola ein. »Kommt schon, wir müssen zeigen, dass wir ein Team sind!«

»In Ordnung«, sagte Matt. Wenn er den anderen doch nur erklären könnte, was hier vor sich ging! Aber das war unmöglich.

Singapur hatte gerade einen Kampf gewonnen, in dem Andrei Drago geschlagen worden war. Die Tangshan Tiger applaudierten ihm trotzdem, als er an seinen Platz zurückkam.

Dann feuerten sie Abdul an, als er zur nächsten Runde antrat.

Ben richtete unterdessen seine Aufmerksamkeit wieder auf sein BlackBerry und die Tangshan Tiger spähten erneut über Bens Schulter, während er den Betrüger durch den Cyberspace verfolgte.

Die beiden Kämpfe liefen nebeneinander her. Matt gab sein Bestes, sich auf beide zu konzentrieren, aber das, was auf Bens BlackBerry vor sich ging, fesselte ihn im Moment doch sehr: Der Betrüger jagte von Website zu Website, wo er stets versuchte, endlich eine Wette zu platzieren, die nicht sofort wieder verschwand. Es gelang Ben fast, mitzuhalten, doch der Falsche Wu war ihm immer einen Schritt voraus. Matt sah, dass die Miene des Betrügers nun ganz verbissen war und er die Lippen fest zusammengepresst hatte. Offensichtlich war ihm klar geworden, dass jemand oder etwas sich in seine Online-Wettspiele einmischte. So arbeitete er schneller und immer hektischer, um neue Websites zu finden, eine fette Wette abzuschließen und sich dann wieder auszuloggen, bevor diese gelöscht wurde.

Sowohl Olivier als auch Catarina verließen die Bank nur widerwillig, um ihre Runden auszufechten. Dennoch gewannen beide und kamen sofort zurückgerannt.

Es stand 3:1, dann 4:1, dann 4:2, dann 4:3, dann 4:4.

Als Nächstes gewann Lola ihre Runde und brachte das Zwischenergebnis damit auf 5:4.

Doch gleich danach holte Singapur wieder auf, indem auch sie eine Auszeit beantragten, als Jahmal mit zwei Punkten führte. Die Unterbrechung brachte ihn aus dem Konzept und die Runde ging an Singapur.

5:5.

Carl war als Letzter dran. Sein Gegner war ein groß gewachsener Junge mit Pferdeschwanz. Er wirkte, als könne er es kaum erwarten, so schnell sprang er auf und wippte dann ungeduldig auf den Fußballen, bis Carl ebenfalls auf die Matte trat.

»Viel Glück, Carl!«, rief Lola.

Carl funkelte die Tangshan Tiger an. »Euch ist schon klar, dass jetzt alles an diesem Kampf liegt? Und ihr spielt hier Spielchen!«

»Ja, das ist schon ein bisschen schäbig«, meinte Andrei, und Abdul und Paolo murmelten zustimmend.

»Tut uns leid, Carl.« Matt sah auf. »Viel Glück, Kumpel!«

Doch sobald Carl auf der Matte stand, drängten sich die Tangshan Tiger wieder um Bens BlackBerry.

Matt sah zu, wie sein Freund sich von Website zu Website klickte, um herauszufinden, wo der Falsche Wu nun sein Geld setzen wollte. Es war seine letzte Chance, und seinem entschlossenen Gesichtsausdruck nach zu urteilen, war er sich dessen bewusst. Er beachtete den Wettkampf selbst schon gar nicht mehr. Matt allerdings auch nicht, obwohl er den Rufen entnehmen konnte, dass es ein Kopf-an-Kopf-Rennen war.

»Hab ihn!«, flüsterte Ben aufgeregt.

Matt sah, dass der Falsche Wu sein gesamtes Geld, dreißig Millionen Yuan, auf der Gewinn-Wetten-Website gesetzt hatte. Er tippte wie wild, um sich auszuloggen, bevor die Wette gelöscht werden konnte.

Doch Ben klickte ganz gelassen auf ein Symbol, woraufhin die Zahlen einmal aufblinkten und dann erloschen. In dem Moment brach lauter Jubel aus und sogar der Falsche Wu blickte kurz nach vorne zur Matte: Carl hatte seinen Gegner mit einem bogenförmigen Kick gegen die Brust glatt auf die Matte befördert. Das ganze Pekinger Team einschließlich der Tangshan Tiger sprang auf und klatschte wie verrückt Beifall.

Der Falsche Wu jedoch blickte erneut auf seinen Bildschirm, seine Miene erstarrte und dann stieß er einen hohen, gequälten Schrei aus: »Neiiiiiiiin!«

Alle drehten sich zu ihm um und starrten ihn erstaunt an.

Es herrschte plötzlich tödliche Stille.

Der Falsche Wu zupfte nervös an seiner Unterlippe herum. »Äh – Glückwunsch an meine Mannschaft für dieses sehr enttäuschende Ergebnis – äh, ich meine das sehr gute Ergebnis! Ja. Vielen Dank.«

Er sprang auf und ging mit schnellen Schritten Richtung Ausgang, das Laptop unter den Arm geklemmt. An der Tür warf er einen Blick über die Schulter und rannte dann los.

Einen Augenblick lang herrschte Stille. Dann brach wieder Stimmengewirr aus. Einige der Pekinger Zuschauer unterhielten sich über das seltsame Verhalten des Schulleiters, andere feierten immer noch laut jubelnd den Sieg.

Chang Sifu ging hinüber, um mit dem Trainer aus Singapur zu sprechen. Matt hatte beinahe den Eindruck, als würde Chang sich für die Vorverlegung des Turniers entschuldigen und möglicherweise auch erklären, dass dies nicht seine Entscheidung gewesen war. Denn die Miene des gegnerischen Trainers wurde auf einmal deutlich freundlicher.

Carl sonnte sich derweil ganz in seinem Erfolg und genoss die Glückwünsche seiner Teamkollegen.

»Kommt mit«, sagte Matt leise zu den Tigern. »Lasst uns nachschauen, wo der Falsche Wu hingeht.«

Rasch verließen sie das Kwoon und rannten zum Büro des Schulleiters.

Die Tür stand einen Spalt offen. Matt konnte den Falschen Wu hinterm Schreibtisch sitzen sehen, wo er sich offensichtlich in seinen Computer einloggte. Die Hände des Mannes zitterten und er starrte den Bildschirm vor sich an. Dann stieß er ein lautes, hohles Stöhnen aus und barg den Kopf in den Händen.

Matt schob die Tür auf und die Tangshan Tiger folgten ihm in den Raum. »Ist alles in Ordnung, Sir?«, fragte Matt betont munter.

Die Seitentür zum Büro öffnete sich ebenfalls und Miss Lee, Wus Sekretärin, kam herein. »Ist etwas passiert?«, erkundigte sie sich. »Ich habe so ein komisches Geräusch gehört.«

»Das war nur Mr Wu, ihm geht es wohl nicht so gut«, antwortete Catarina voller Schadenfreude.

»Sie sind heute irgendwie gar nicht Sie selbst, Mr Wu.« Miss Lee klang besorgt.

»Ha!«, machte Olivier. »Das können Sie laut sagen.«

Miss Lee wandte sich um und bedachte die Tangshan Tiger mit einem hochmütigen Blick. »Was macht *ihr* hier überhaupt?«

»Wir sind nur vorbeigekommen, um zu sehen, wie es Mr Wu geht«, erwiderte Matt. »Haben Sie Probleme mit Ihrem Computer, Sir?«

»Ich – ich …«, stotterte der Betrüger.

»Ben könnte Ihnen da sicher weiterhelfen«, schlug Olivier vor. »Er ist ein echter Computerexperte.«

»Aber gerne doch.« Ben trat vor.

»Nein, nein, dafür gibt es keinen Anlass!«, erklärte der Falsche Wu hektisch und hob abwehrend die Hände.

»Vielleicht würden Sie den Bildschirm besser sehen, wenn Sie Ihre Brille abnehmen«, meinte Matt. »Denn das ist nicht wirklich Ihre Brillenstärke, oder?«

»Was?« Der Falsche Wu klang völlig überrascht. Nervös fasste er sich an die Brille und hinterließ dabei fettige Fingerabdrücke auf den Gläsern.

»Sie können ruhig mit der Sprache rausrücken«, forderte Catarina ihn auf. Sie stützte die Hände in die Hüften. »Wir wissen, dass Sie nicht Mr Wu sind!«

»Was meinst du damit?«, fragte Miss Lee scharf.

»Sehen Sie sich doch mal seinen Anzug an!« Matt zeigte auf das graue Jackett, das über der Rückenlehne von Mr Wus Stuhl hing. »Würde der echte Mr Wu je so einen billigen Anzug von der Stange tragen?«

»Dieser Anzug ist völlig in Ordnung!«, verteidigte sich der Falsche Wu. »Er hat mich –«

»Mr Wu trägt nur maßgeschneiderte Anzüge«, unterbrach Matt ihn. »Das weiß jeder.«

»Ja, das stimmt!«, ertönte in diesem Moment eine laute Stimme und der richtige Mr Wu kam in seinem dunkelblauen Overall und der Schirmmütze ins Büro gestürmt. Miss Lee schnappte erschrocken nach Luft. Ihr Schulleiter rannte um den Schreibtisch herum, packte den Betrüger am Kragen und drückte ihn gegen die Wand.

»Kwan! Ich wusste, dass du da dahinterstecken musst!«, rief Mr Wu.

»Lass mich los!« Der Betrüger versuchte, sich zu befreien.

»Du hast dich hier eingeschlichen – du hast versucht zu stehlen, was mir gehört!«

Seine Finger schlossen sich um Kwans Hals.

Matt und die Tiger griffen ein. Sie packten Mr Wu an den Schultern und zogen ihn weg.

»Du bist doch bloß neidisch«, rief Mr Wu und versuchte, Matt und die anderen drei abzuschütteln. »Neidisch auf meinen Erfolg, und deshalb hast du versucht zu zerstören, was ich hier aufgebaut habe!«

»Und *du* willst also, dass ich mein Leben lang der arme Verwandte bleibe, was?«, jammerte Kwan verbittert. »Ich soll mich brav im Hintergrund halten und zusehen, wie du über alle bestimmst?«

»Du solltest arbeiten, Kwan, wenn du kein armer Cousin bleiben willst!«, schimpfte Wu.

Dann waren sie also Cousins, dachte Matt. Das erklärte die Ähnlichkeit.

»Du hast leicht reden«, zeterte der Betrüger weiter. *»Du* bist ja in eine reiche Familie hineingeboren worden und dein Vater hat dir den Job hier verschafft.«

»Ich habe das Beste aus dem gemacht, was ich hatte, und darauf bin ich stolz. Deine Eltern haben genug besessen, um dir einen guten Start ins Leben zu geben. Doch du hast es in Las Vegas verspielt, nicht wahr?« Mr Wu spuckte die Worte förmlich aus.

»Ich hatte eben Pech …«, protestierte sein Cousin schwach.

»Dein Pech ist, dass du dumm bist!«

Das schien Kwan mehr aufzuregen als alles andere, was Wu gesagt hatte. Er stürzte sich auf Wu und packte ihn. Die beiden rangen auf dem Fußboden mitten im Zimmer miteinander, wobei sie einen Stuhl umwarfen.

Miss Lee kreischte laut auf.

Wieder mussten die Tangshan Tiger die beiden Männer voneinander trennen. Matt und Ben hielten Kwan an den Armen fest, während sich Olivier und Catarina an Mr Wus Schultern klammerten. Die beiden Männer funkelten einander böse an.

»Wenigstens habe ich meine Rache!«, schnaufte Kwan. »All das Geld, das ich verwettet habe – das hat deiner tollen Schule gehört und es ist verschwunden – dreißig Millionen Yuan! Na, wer kommt sich jetzt blöd vor?«

»Was?« Mr Wu wurde blass. »Dreißig Millionen … d-du –«

»Es ist alles in Ordnung«, mischte sich Matt ganz gelassen ein. »Das Geld wurde nie verwettet. Das Vermögen der Schule ist in Sicherheit.«

»Ich habe alle Wetten gelöscht«, erklärte Ben. »Das Geld befindet sich wieder auf Kwans Konto. Da sollte es leicht auffindbar sein.«

Ein gequälter Ausdruck huschte über Kwans Gesicht. Die Vorstellung, dass dreißig Millionen Yuan auf seinem Konto lagen, an die er nie herankommen würde, war offensichtlich ziemlich schmerzvoll.

Mr Wu sah die Tangshan Tiger an, als würde er sie zum ersten Mal richtig wahrnehmen. »Ihr – ihr habt mir sehr geholfen«, sagte er. »Vielen Dank.«

»*De nada!*«, erwiderte Catarina.

»Und machen Sie sich keine Sorgen«, fügte Ben hinzu. »Wir werden niemandem erzählen, was passiert ist. Es wird keinen Skandal geben.«

»Ich werde auch nichts sagen«, versicherte Miss Lee.

»Und was ist mit mir?«, mischte sich Kwan trotzig ein. »Wenn du das ganze Geld zurückbekommst, dann bin ich doch aus dem Schneider, oder? Dann kannst du mich jetzt gehen lassen.«

»Das glaube ich kaum«, antwortete Mr Wu. »Es ist gar

keine schöne Erfahrung, entführt zu werden.« Er wandte sich an Miss Lee. »Würden Sie bitte die Polizei anrufen? Bitten Sie darum, eine Zivilstreife zu schicken. Ganz diskret. Ich werde es ihnen erklären, wenn sie hier sind.«

In diesem Moment ertönte ein elektronisch verstärktes Glockenspiel.

»Der Schulleiter und alle Mitglieder der asiatischen Kampfsportmannschaft der Akademie Peking mögen sich bitte im Kwoon einfinden, damit der Pokal überreicht werden kann«, verkündete Changs Stimme durch den Lautsprecher.

»Ich muss mich umziehen!«, rief Mr Wu. »Ich kann der Siegerehrung doch nicht in diesem grässlichen Overall beiwohnen!«

»Was ist mit Kwan?«, gab Matt zu bedenken. »Wo können wir ihn solange unterbringen? Wir wollen ja nicht, dass jemand Sie beide zusammen sieht, sonst –«

»Das ist kein Problem«, antwortete Mr Wu. »Ich kenne da eine sehr hübsche Abstellkammer!«

Als die Tangshan Tiger wenig später zurück zur Sporthalle rannten, rief Matt seinem Freund zu: »He, Olivier – diese ganze Geschichte hat dann ja doch noch was Gutes.«

»Wieso denn das?«

»Nun ja – jetzt, wo der ganze Trubel vorbei ist, können wir in Ruhe unsere Prüfungen wiederholen. Ich wette, du kannst es kaum erwarten, wieder in den Prüfungssaal zu sausen!«

Olivier lachte. »Klar, dort habe ich die glücklichsten Stunden meines Lebens verbracht.«

Jubel brach aus, als die Tangshan Tiger die Halle betraten und sich neben die Matte zu ihren Teamkollegen und Chang Sifu stellten.

»Wo wart ihr denn schon wieder?«, wollte Carl wissen.

»Ach, wir haben uns nur schnell um was kümmern müssen«, erwiderte Catarina grinsend.

Mr Wu stand auf einem kleinen Podium beim Richtertisch. Er trug nun einen seiner eleganten Anzüge, ein blütenweißes Hemd und eine perfekt geknotete Krawatte.

Der oberste Schiedsrichter reichte ihm den silbernen Pokal.

Erneut war lautes Jubelgeschrei zu hören, als der Schulleiter den Pokal in die Höhe hielt, damit alle ihn sehen konnten.

»Glückwünsche an die ritterlichen Verlierer«, sagte Mr Wu, als der Applaus verstummt war. »Man hat mir gesagt – ich meine, ich weiß, dass sie mit Können und Einsatz gekämpft haben. Und ich möchte mich an dieser Stelle noch einmal dafür entschuldigen, dass ich das Turnier vorverlegt habe. Schuld daran waren äußere Umstände, auf die ich keinen Einfluss hatte … Und als Letztes möchte ich meinen Schülern ein großes Dankeschön aussprechen … meinem Team, das alle Erwartungen übertroffen hat. Sie haben Mut und Loyalität bewiesen, und und …«

Zu Matts großem Erstaunen zitterte Mr Wus Stimme plötzlich. Der Schulleiter zog ein makelloses Taschentuch hervor und tupfte sich die Augen ab.

»Vielen Dank«, wiederholte er leise.

Catarina stupste Matt an. »He – hast du ihn je vorher so reden hören?«

»Nein«, antwortete Matt. »Nie.«

»Fast so, als hätte er begriffen, worum es wirklich geht. Ich meine – na, du weißt schon, was ich sagen will.«

Das tat Matt durchaus. Wu hatte endlich die wahre Bedeutung eines Wettkampfes verstanden. Es ging dabei nicht um den Ruhm eines Sieges. Es ging um den Glauben an sich selbst und darum, sich nicht einschüchtern zu lassen – selbst dann nicht, wenn die Chancen schlecht für einen standen – und es ging darum, zu seinem Team zu halten.

»Dies ist die wichtigste Lehre überhaupt«, erklang da plötzlich eine leise Stimme hinter Matt.

Es war Chang. Sprach er zu Mr Wu? Oder den Tangshan Tigern?

Man konnte es unmöglich mit Sicherheit sagen.

Es gibt ein Rätsel, das die Tangshan Tiger nie lösen werden, dachte Matt. Und dieses Rätsel ist Chang Sifu.

Er und die anderen Tiger warfen sich einen heimlichen Blick zu. Sie lächelten sich an. Wieder einmal hatten sie dazu beigetragen, einen Wettkampf zu gewinnen. Und sie hatten einen weiteren Fall geknackt.

Matt sah sich im Kwoon um, das voll feiernder Schüler

der Internationalen Akademie Peking war. Von der anderen Seite der Halle aus lächelte Johnny ihm zu und winkte.

Was für ein wunderbarer Moment das ist, dachte Matt. Ein Teil dieser Schule zu sein, bedeutete ihm alles auf der Welt. Und ein Teil der Kampfsportmannschaft. Und natürlich – am allerwichtigsten – ein Mitglied der Tangshan Tiger.

Er sah, dass Gianni Barenza auf ihn zukam, um mit ihm zu reden.

»Gut gemacht«, sagte Gianni und streckte ihm die Hand hin. Matt schlug ein. »Harter Kampf, aber heute warst du besser als ich.«

»Danke«, erwiderte Matt grinsend. Er blickte wieder zu Olivier, Ben und Catarina hinüber. »Ohne meine Freunde hätte ich es nicht geschafft!«

Tangshan Tigers

Chang Sifu

Alter: 58

Nationalität: Chinese

Sport: Kung-Fu

Besondere Fähigkeiten: Weisheit

Stärken: Anpassungsfähigkeit. Chang Sifu ist Meister vieler verschiedener unterschiedlicher asiatischer Kampfstile. Er besitzt eine olympische Goldmedaille im Judo und hat viele Wettkämpfe in Karate, Taekwondo, Aikido und Thaiboxen gewonnen. Es gibt keinen einzigen Trick, den er nicht kennt.

Schwächen: keine

TANGSHAN TIGERS

Dan Lee
Tangshan Tigers
Jagd auf den Skorpion ⑤
ISBN 978-3-440-12083-5

Matt ist vor Freude ganz aus dem Häuschen: Ihr nächster Wettkampf wird das Kampfsport-Team in Matts Heimatstadt London führen. Doch als seiner Mutter bei einem Empfang wertvoller Diamantschmuck gestohlen wird und der Täter spurlos verschwindet, haben die Tangshan Tigers nur noch eines im Sinn: Sie müssen den Dieb finden! Doch die Jagd auf den berühmt-berüchtigten Skorpion wird rasanter und gefährlicher als alle anderen Fälle der Tangshan Tigers ...

Jeder Band €/D 8,95
Preisänderung vorbehalten

Kampf um die Jade-Schale ①
978-3-440-11664-7

Hüter des goldenen Schlüssels ②
978-3-440-11662-3

Der Rächer von Kyoto ③
978-3-440-11934-1

Der dunkle Rivale ④
978-3-440-11918-1

TOR!

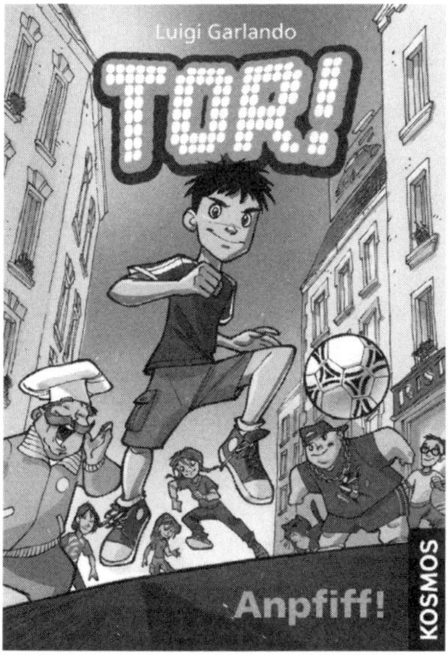

Luigi Garlando
Tor!
1 Anpfiff!
ISBN 978-3-440-11601-2

Tommi ist ein großes Fußballtalent, das erkennt der ehemalige Fußballnationalspieler Gaston Champignon sofort. Mit Gaston als Trainer gründen die beiden eine Fußballmannschaft, bei der Freundschaft und Spaß am Spiel im Vordergrund stehen. Doch bald müssen Tommi und seine Freunde zeigen, dass sie auch fußballerisch wirklich was auf dem Kasten haben ...

Jeder Band €/D 8,95
Preisänderung vorbehalten

2 Brasilien, wir kommen!
978-3-440-11602-9

3 Die Meisterschaft ruft!
978-3-440-11895-5

4 Traum vom Finale
978-3-440-11896-2

www.kosmos.de

Perfekt ausgerüstet für spannende Fälle

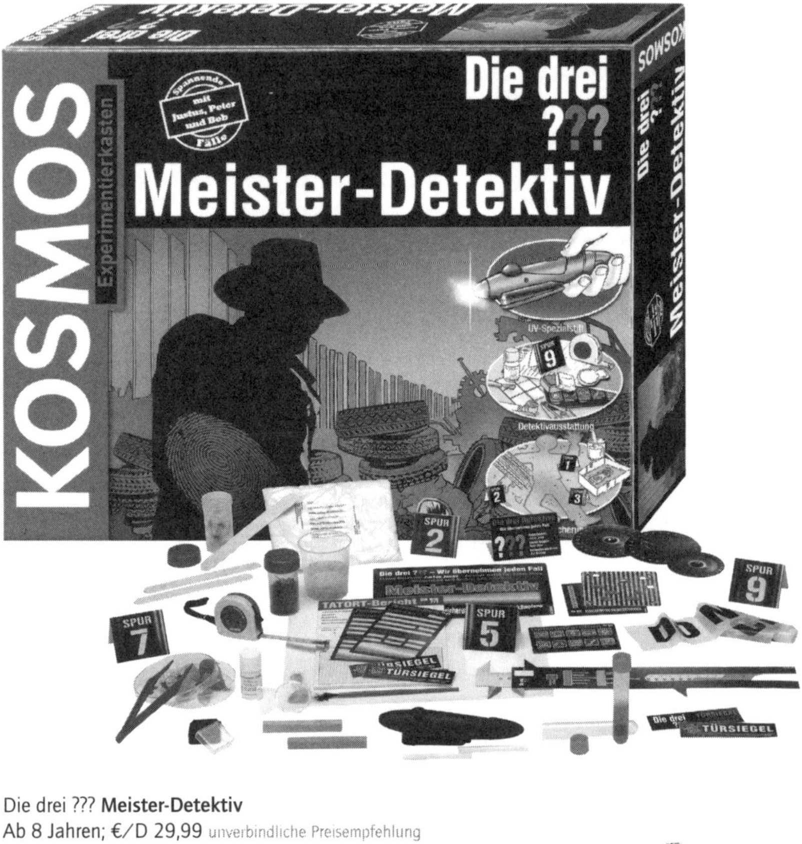

Die drei ??? **Meister-Detektiv**
Ab 8 Jahren; €/D 29,99 unverbindliche Preisempfehlung
Art.-Nr. 630911

Detektive brauchen eine gute Ausrüstung, damit sie einen Tatort nach verdeckten Spuren untersuchen können. Dabei behilflich sind Fingerabdruckpulver, Spurenbeutel, Probengefäße und weitere Teile. Außerdem hilft ein Sepzialstift beim Codieren und Morsen wichtiger Nachrichten und entlarvt gefälschte Geldscheine. In der Anleitung gibt es jede Menge nützliche Tipps sowie spannende Fälle zum selber Lösen.

www.kosmos.de

Alles, was Detektive brauchen – in der Dose

Die drei ??? **Fingerabdrücke**
Ab 8 Jahren; €/D 3,99*
Art.-Nr. 631031

Die drei ??? **Spuren suchen**
Ab 8 Jahren; €/D 3,99*
Art.-Nr. 631079

Die drei ??? **Hörspion**
Ab 8 Jahren; €/D 9,99*
Art.-Nr. 631222

Bei der Verfolgung von Zielpersonen ist es nötig sich geheime Information zu beschaffen – mit dem Abhörgerät kann man den Verbrechern auf die Spur kommen.

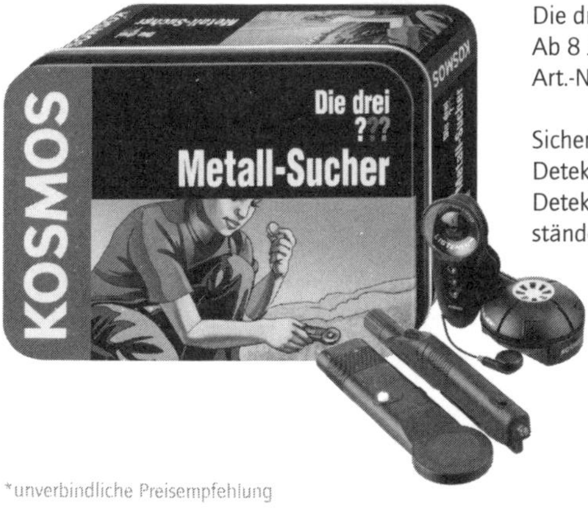

Die drei ??? **Metall-Sucher**
Ab 8 Jahren; €/D 9,99*
Art.-Nr. 631239

Sicherheitsmaßnahmen sind für jeden Detektiv nötig – so können mit dem Detektor sämtliche metallenen Gegenstände angezeigt werden.

*unverbindliche Preisempfehlung